시작은
언제나
옳 다

시작은 언제나 옳다

전제우·박미영 지음

망설이지 말 것
완벽을 기다리지 말 것
행복을 미루지 말 것

21세기북스

괜찮아,
처음은 누구나 다 그래
.
.
.

어느 날 훌쩍 떠나고 싶은 기분이 들었다고 상상해보자. 대부분의 사람은 먼저 일정표를 들여다볼 것이다. 끝내지 못한 업무가 있는지 확인하고, 여행을 갈 수 있을지 고민한다. 그러다 보면 실제로 여행을 떠날 때까지는 오랜 시간이 걸린다. 반면 어떤 사람은 생각이 떠오르자마자 비행기 티켓 예매 사이트에 들어간다. 적당한 날짜에 갈 수 있는 적당한 여행지를 골라 티켓을 끊고서는 떠나는 날짜에 맞춰 준비해나간다. 이런 사람은 완벽하진 않더라도 계획한 대로 여행을 떠날 가능성이 높다.

사실 떠날 결심을 하고 티켓을 끊기까지가 어렵지, 일단 예매

시작은 언제나 옳다

를 하고 나면 그다음 일은 자연스럽게 이어진다. 문제는 티켓을 끊는 데 생각보다 큰 용기가 필요하다는 것이다. '그 기간에 시간을 내지 못하면 어떡하지?' '갑자기 무슨 일이 생기면 어떡하지?' 등 수많은 걱정이 달려들어 과감한 행동을 막는다.

모든 일이 그렇다. 시작하기 전 첫걸음을 떼는 것이 가장 어렵다. 앞으로 무슨 일이 일어날지 모르기에 불안하고, 해본 적이 없기에 두렵다. 그래서 대부분은 익숙하고 안정적인 선택을 반복하곤 한다.

우리 부부도 마찬가지였다. 불확실한 미래가 두려웠기에 스스로 울타리를 만들고, 그 안에서 안주하는 삶을 택했다. 적성과 상관없이 안정적인 직장을 찾았고, 익숙한 일상에 젖어 편한 일만 좇았다. 그러다 보니 하루하루 퇴근 시간만 기다리게 되었다. 하고 싶은 일이 생겨도 '이래서 안 돼, 저래서 안 돼'라고 핑계 대며 포기했다.

그러던 우리가 변한 것은 결혼식을 준비하면서부터였다. 남들과 다른 우리만의 결혼식을 만들고 싶다는 생각이 씨앗이었다. 그 씨앗은 싹을 틔우더니 점점 자라났다. 우리는 결혼하고 나서 함께 하고 싶은 일을 블로그에 써 내려갔다. 제우는 '제제', 미영은 '미미'라는 닉네임으로 꿈에 관해서 이야기했다. 아무것도 준비되지 않아도 괜찮았다. 무언가를 시도하고 실패하는 과정 자체를 블로그에 올려 많은 사람과 공유했다.

일단 뭐라도 시작하고 나니 다음 할 일이 보였다. 그것이 계기가 되어 다른 기회로도 이어졌다. 실수투성이 준비 과정이 화제가 되었고, 그 덕분에 우리는 강연과 전시, TV 출연까지 하게 되었다.

그저 하고 싶은 일을 시작했을 뿐인데 지나 보니 멋진 결과로 돌아온 것이다. 우리는 이러한 경험을 통해 시작의 즐거움을 알게 되었다. 사소하더라도 무엇이든 용기 내어 시도하면 크든 작든 변화가 일어난다는 걸 깨달은 것이다.

시작은 언제나 옳다

한 발자국만 용기를 내본다면

누구나 처음은 서툴다. 인생을 오래 살았든 아니든, 경험이 많든 적든, 그 어떤 사람도 새로운 시작의 순간엔 초보자가 된다. 그렇기에 첫걸음을 떼려면 작지 않은 용기가 필요하다. 그 관문만 지나면 그다음은 한결 수월한데, 넘어서기가 쉽지 않다.

다행히도 초보자에게는 누구나 유용하게 쓰일 무기가 있다. 바로 설렘과 열정이다. 모르기에 설레고, 기대되기에 열정이 샘솟는다. 이 감정들이 새로운 일을 시작하는 데 연료가 된다. 물론 꿈을 향해 가다 보면 벽에 부딪히는 경우도 있을 것이다. 그렇다 해도 걱정할 필요는 없다. 빨리 시작한 만큼 문제를 해결할 시간이 넉넉하기 때문이다. 일단 시작하는 게 중요하다.

이 책에는 우리의 크고 작은 시작 이야기를 담았다. 방 안에서 트위터 한 줄을 올려 소소하게 시작하기도 하고, 크라우드펀딩을 통해 처음부터 큰 판을 벌리기도 했다. 부부가 함께 회사를 그만두고 세계 일주를 다녀오기도 하고, 우리 적성에 맞는 새로운 직업을 만들기 위해 고군분투하기도 했다.

수많은 시작을 함께했지만, 그것이 모두 성공적인 결과로 이어진 것은 아니다. 예상치 못한 난관이 겹쳐 실패한 일이 더 많았다. 그렇다고 우리의 시작이 전부 쓸데없는 일이었을까?

그렇지 않다. 부딪혀서 생긴 상처도 우리 삶의 어엿한 일부분이다. 실패를 거듭하며 얻은 크고 작은 경험은 생각지도 못한 순간에 불쑥 떠올라 우리를 도와주곤 했다. 그러니 험한 길이 앞에 놓였다 해도 시작하기를 멈추지 말자. 순탄하게 한 길만 걸은 사람보다 샛길 열 군데를 헤매본 사람이 더 많은 교훈을 얻는다는 진리를 우리는 온몸으로 깨달았다.

우리는 남들에게 이러이러한 삶을 살라고 조언할 만큼 거창한 인생을 산 것도 아니고, 특별하게 뛰어난 능력을 갖춘 것도 아니다. 철저한 계획에 따라 사는 사람들에게 '왜 그렇게 살아? 우리처럼 이렇게 살아봐'라고 가르치려는 것은 더욱 아니다. 그저 우리

시작은 언제나 옳다

의 사소한 시작과 실패 경험을 함께 나누고 싶을 뿐이다.

아마 이 책을 읽는 사람 중 누군가는 새로운 시작을 준비하고 있을지도 모르겠다. 누군가는 계획을 짜느라 시간을 보내고, 또 누군가는 예상치 못한 벽에 부딪혀 우왕좌왕하고 있을 수도 있다.

어떤 시작이라도 좋다. 그 자체로 의미가 있기에, 시도하는 것만으로도 가치가 있다. 이 책을 읽는 모든 이들이 더 행복할 수 있도록 각자 자신만의 방식으로 무엇이든 일단 시작해보면 좋겠다. 우리가 그랬듯. 시작은 언제나 옳으니까 말이다.

2018년을 시작하며
전제우 · 박미영

1

:

시작의
순간은 누구나
서툴다

조금은
유난스러워도

:
:
:

시작이 시작된 순간

"인생 한 번 사는 거고, 그중에서도 지금 이 순간은 정말 일생 한 번뿐이잖아요. 안 그래요?"

그는 우리의 눈을 번갈아 응시하며 확신에 차서 말했다. 그때는 몰랐다. 그 말이 바로 요즘 유행하는 '욜로(YOLO)'라는 것을. 'You Live Only Once(한 번 사는 인생)'라! 우리는 무언가에 홀린 듯 그 사람의 이야기에 빠져들었다. 그래 맞아, 인생은 한 번 사는 거였지! 우리에게 이 놀라운 가르침을 주고 있는 사람은 선생님도, 상담사도, 인생 선배도 아니었다. 불과 5분 전에 처음 만난 사람이었다. 그의 가슴에는 '웨딩플래너'라는 명찰이 달려 있었다.

"신랑, 신부님! 한 번뿐인 결혼식이잖아요. 다들 이 정도는 준비한답니다. 고민하지 마세요."

우리는 웨딩박람회에 와 있었다.

결혼하기로 마음먹은 순간부터 세상이 달라 보였다. 대한민국에 결혼 준비하는 사람이 이렇게 많았나? 거의 매주 이 호텔 저호텔에서 웨딩박람회가 열리고 있었다. 사실 우리 또래 예비부부 대부분은 결혼 준비가 처음이다 보니, 결혼식을 할 때 뭐가 필요한지 아는 게 별로 없다. 그래서 부모님과 지인들의 도움을 받고, 온라인 카페나 커뮤니티에 가입해서 다른 사람의 후기를 보고 물어보기도 하면서 비교한다.

그중에서도 필수 코스는 바로 결혼에 관한 모든 것이 총망라된 웨딩박람회다. 그곳에서는 스·드·메(스튜디오 촬영, 드레스, 메이크업) 패키지부터 예식장, 신혼여행까지 결혼식의 A부터 Z까지를 다 알려준다. 현장에서 계약하면 굉장히 혹할 만큼 높은 할인율을 적용해주기도 한다. 그 외에도 예단, 폐물, 혼수 등 세부적인 사항부터 상견례 일정, 함 들어갈 일정 등 가족 행사까지 세심하게 챙겨준다. 결혼을 준비하는 커플이라면 꼭 가봐야 할 곳이다.

우리 역시 처음 하는 결혼이다 보니 아무것도 아는 것이 없었다. 그래서 가장 먼저 웨딩박람회를 찾아갔다. 우리를 담당한 웨딩플래너는 결혼 절차와 챙겨야 할 사항을 능숙하게 설명해주었다. 웨딩플래너의 구미 당기는 제안에 홀린 우리는 앞뒤 안 가리고 덜컥 계약할 뻔 했다.

우리가 쉽게 넘어오지 않자, 웨딩플래너는 가격 때문에 고민하는 줄 알았던 모양이다. 그가 비장의 무기를 꺼내듯 자신 있게 한 말이 바로 "인생에 한 번뿐인 순간이잖아요. 신랑, 신부님이 하고 싶은 것 다 해보세요"였다.

그렇다. 결혼식은 정말 인생에 한 번뿐이다! 물론 모두가 한 번만 하는 건 아니지만, 대부분이 결혼할 때 '다음엔 더 잘해야지'라고 생각하지 않는다. 정말 별것 아닌 말인데 우리는 완전히 마음을 빼앗겼다. 처음엔 결혼식 자체에는 별 흥미가 없었다. 그런데 우리의 새로운 날을 축하하는 단 한 번의 공식적인 자리라고 생각하니 하나하나 신경이 쓰이기 시작했다. '우리가 사랑하는 사람들을 한 번에 초대해서 파티할 수 있는 날이 인생에 얼마나 될까?', '정말 그 모든 사람이 우리를 위해 기꺼이 시간을 내주고, 온전히 우리를 축하해주고 바라봐주는 날이 다시 오기는 할까?'

그렇게 생각하니 결혼식이 정말 중요한 이벤트처럼 느껴졌다. 그러자 아이러니하게도 웨딩플래너가 우리를 설득하기 위해서 꺼냈던 '인생에 한 번뿐'이라는 말이 다른 의미로 다가왔다. 덕분에 우리는 웨딩박람회에서 아무런 계약도 하지 않고 빈손으로 나올 수 있었다.

내 인생에 한 번뿐인 소중한 순간을 남에게 맡길 순 없지 않은가. 한 번뿐인 결혼식, 내 손으로 직접 하고 싶은 것 다 해보고 후회 없이 즐겨보기로 했다. 입사 후 한동안 정해진 일만 하며 새로운 것에 도전하기 꺼렸던 우리가 오랜만에 능동적으로 무언가 하고 싶어진 것이다. 우리는 우리만의 결혼식을 만들기로 했다.

왜 안 된다는 거죠?

"안 됩니다. 지금까지 한 번도 허용된 적 없고, 앞으로도 안 될 겁니다."

"지금까지 한 번도 한 적이 없다는 게 이유가 될 순 없죠! 기업, 단체, 심지어 종교 행사까지 다 되는데, 왜 결혼식은 안 된다는 거죠?"

"결혼식은 원래 안 됩니다. 그런 선례가 없어요."

전화가 뚝 끊겼다. 담당 부서에서 안 되다고 하니 우리로서는 달리 방법이 없다.

직접 결혼식을 준비하면서 식장에 대한 고민을 가장 많이 했다. 평범한 예식장보다는 우리에게 의미 있는 특별한 장소에서 결혼하고 싶었다. 그때 우리의 눈에 들어온 곳이 바로 올림픽공원에 있는 수변 무대였다. 종종 음악 페스티벌이 열리곤 하는 장소로, 데이트할 때 야외 공연을 자주 봤던 곳이기도 했다. 결혼식을 축제로 만들고 싶었던 우리에게 딱 맞는 곳이었다.

우리는 결혼식 허가를 받기 위해 올림픽공원 관리 부서로 연락을 취했다. 하지만 돌아온 답변은 "안 됩니다"였다. 그런데 그 이유가 도저히 이해가 가지 않았다. 무조건 안 된다니! 선례가 없다고 안 된다니! 다른 모든 행사는 되는데, 결혼식만 안 된다니! 언제는 결혼식에 거품이 많다, 작은 결혼식을 하자 그리 떠들더니, 정작 우리 세금으로 운영되는 공원에서 결혼식을 못 하게 하는 것이 도무지 이해가 가지 않았다.

납득할 수 있는 이유를 듣고 싶었지만, 담당 직원에게선 "안 된다"는 말밖에는 아무 말도 들을 수 없었다. 그렇다고 이대로 물러날 수는 없었다. 방법을 고민하던 미미는 서울시 공공시설의 총 책임자인 박원순 시장에게 트위터를 보냈다.

시장님, 시민을 위한 공간인 올림픽공원에서 결혼식을 허가할 수 없다고 합니다. 진정 예식장 말고는 결혼할 수 있는 곳이 없는 건가요?

"시장님한테 트위터 보낸다고 되겠어? 읽지도 않으실걸!"

"그래도 혹시 모르잖아. 가만히 앉아 있는 것보다야 낫지. 그리고 우리 이번엔 뭐든 도전해보기로 했잖아."

그리고 5분이나 지났을까? 눈으로 보고도 믿기지 않는 일이 벌어졌다. 시장에게서 답변이 온 것이다.

시민의 공간인데 안 될 이유가 없죠. 담당자 연결해서 다시 논의할
수 있도록 조치해드리겠습니다.

벌어진 입이 채 다물어지기도 전에 담당자에게서 연락이 왔다. 그리고 며칠 후, 우리는 정식으로 미팅 자리를 만들어 결혼식에 관해 논의를 시작했다. 결론부터 이야기하자면 우리는 올림픽공원 수변 무대에서 결혼식을 올리지 못했다. 주변에 식사할 공간이 마땅치가 않았기 때문이다.

결과만 놓고 보면 우리는 실패했다. 시장님에게 트위터를 보냈든 보내지 않았든 결과는 마찬가지였다. 그러나 우리는 이번 일로 그냥 가만히 앉아있는 것과 뭐라도 해보는 것의 차이가 분명하다는 것을 깨달았다. 비록 우리는 그곳에서 결혼식을 하지는 못했지만, 올림픽공원에서 결혼하고 싶은 커플이 있다면 주저 말고 연락해보길 바란다. 이제는 우리처럼 거절당하지 않을 테니까.

결혼식을 위한 첫 도전이 실패로 끝났지만, 이때부터 우리는

자신감을 가지게 되었다. 가만히 있으면 아무 일도 일어나지 않는다. 당장이라도 일어나서 뭐라도 시도한다면 크든 작든 변화가 일어난다는 걸 다시 한번 온몸으로 느꼈다.

시도한 것과 아닌 것의 차이

이렇게 우리는 약간은 유난스럽게 결혼식을 준비했다. 사실 무척 오랜만에 새로운 무언가를 하는 느낌이 들었다. 이 도전의 결과가 실패냐, 성공이냐는 그다지 중요하지 않았다. 지표로 매겨지는 것도 아니라 딱히 부담이 없기도 했다. '어차피 내 결혼식이니 망해도 내가 망해!'라는 마음으로 달려들었다.

우리는 결혼식을 위한 모든 것을 직접 준비했다. 웨딩드레스는 해외 직구로 구매했고, 웨딩 촬영도 직접 했다. 친구들과 록 페스티벌, 펜션 등지를 다니며 자연스럽게 사진을 찍었다. 우리를 가장 잘 아는 친구와 지인의 도움을 받아 메이크업도 하고 머리 손질도 했다.

결혼식이 열리는 장소는 남산이었다. 처음부터 끝까지 손수 만들어간 결혼식이었다. 식순과 세부 사항도 함께 상의하면서 아이디어를 냈다. 평범한 청첩장을 돌리면 의미 없이 버려질까 봐,

종이비행기 모양으로 만들어서 우리 결혼식이 끝날 때 날리도록 했다. 엄숙하게 입장하는 대신 함께 춤을 추며 입장했고, 서로에게 불러줄 축가도 한 곡씩 연습했다. 우리만의 홈페이지를 만들어서 결혼식 관련 소식을 올리기도 했다. 기쁨을 여러 사람과 나누기 위해 성혼 기부도 했다.

결혼식 준비를 진행하면서 우리는 지난번 갔던 웨딩박람회에서 "한 번뿐인 날이잖아요"라고 설득하며 상품을 팔려 했던 웨딩플래너에게 다시 한번 감사했다. 그 웨딩플래너 덕분에 우리 안에 있던 '한 번뿐인 삶인데 하고 싶은 것 다 해봐야지'라는 마음이 다시 들끓게 되었기 때문이다.

– 안녕하세요. 여기는 서울시청입니다. 혹시 예비부부를 위한 멘토링 강연이 가능할까요?
– 안녕하세요, 아리랑TV인데요. 직접 준비한 결혼식을 다큐멘터리로 촬영하고 싶어서요.
– 직접 준비한 결혼식에 관한 이야기를 시청에 전시할 수 있을까요?
– 웨딩 잡지인데, 혹시 인터뷰 가능할까요?

우리가 직접 준비한 결혼식에 대한 반응이 뜨거웠다. 결혼식 이후 다양한 매체에서 연락이 왔다. 덕분에 우리는 시청에서 멘토

시작은 언제나 옳다

로 강연을 하고, 전시도 하고, 다큐멘터리 주인공으로 TV 출연까지 하게 되었다. 사실 이렇게 화제가 될 것이라고 예상치 못했다. 그저 한 번뿐인 결혼식을 남의 손에 맡기고 싶지 않았기에 우리 마음대로 한 것뿐이었다. 이렇게 많은 언론에 노출될 것이라고는 상상도 하지 못했다. 당시 우리 블로그는 하루 방문자 수가 100명도 안 되는 보잘것없는 블로그였다. 다른 SNS를 하지도 않았을 때였다. 그런데도 어떻게 우리 이야기를 알았는지 여기저기서 연락이 온 것이다.

어라, 그저 하고 싶은 일을 했을 뿐인데 이렇게 멋진 결과로 돌아오다니! 앞으로는 우리가 하고 싶은 일을 마음껏 해도 될 것 같다는 생각이 들었다. 5년 동안 회사 생활을 하며 수동적인 자세에 익숙해 있다가 결혼식을 계기로 우리의 가치관이 크게 변하게 되었다.

삶의 한 챕터가 끝나고

다음 챕터가 시작되는 순간,

단 한 번뿐인 그 소중한 장면을

직접 연출하고 싶었다

끝이 있어야
시작이 있다

.
.
.

진짜 안정의 의미

"딩동, 메일이 도착했습니다."

"딩동, 메일이… 딩동, 딩동, 딩동, 딩딩딩딩…."

결혼식과 신혼여행으로 2주나 회사를 비우고 다시 돌아왔을 때, 가장 먼저 우리를 반긴 것은 100통이 넘는 업무 메일이었다.

결혼식을 성공적으로 마친 우리는 자신감이 생겼다. 이제부터 모든 일을 우리 마음대로 결정하고, 하고 싶은 일을 하며 살 수 있다고 생각했다. 하지만 현실은 조금도 바뀐 것이 없었다. 복귀 첫날부터 시작된 야근은 반복되었고, 주말 출근도 다반사였다. 이렇게 일에 치여 살다 보니, 신혼여행 중 비행기를 기다리면서 함께

적었던 버킷리스트는 업무 메일 한 통만도 못한 신세가 되었다. 심지어 이사 간 신혼집에 짐을 풀 시간조차 없었다. '주말에 청소 해야지', '주말에 짐 풀어야지'라고 생각하다가도 막상 주말이 되면 그냥 쓰러져서 잠자기 일쑤였다. 결국 거의 3개월이 지나서야 짐을 풀 수 있었다.

그 날도 어김없이 야근하고 있었다.

"따르릉따르릉."

같이 일하던 선배들의 전화가 하나둘씩 울리기 시작했다. 시계를 보니 벌써 저녁 일곱 시였다. 아, 전화가 올 시간이었다.

"아빠 회사야. 오늘도 조금 늦을 것 같네. 엄마랑 밥 맛있게 먹어. 금방 들어갈게."

전화를 받은 선배들은 하나같이 미안하다는 얘기를 하면서 전화를 끊었다. 매일 이 시간이면 볼 수 있는 흔한 풍경이다.

"선배, 그렇게 매일 늦게 들어가면 집에서 뭐라고 안 해요?"

저녁을 먹으러 가면서 친한 선배에게 물었다.

"뭐라 하지. 근데 먹고살려면 어쩔 수 없잖아. 요즘 같은 세상에 이렇게 안정적으로 회사 다니는 것만 해도 어디야. 너도 이번에 결혼했지? 힘들어도 열심히 버텨라."

우리는 이날도 어김없이 지하철이 끊긴 다음에야 회사를 나왔다. 집에 오는 내내 선배의 말이 귓속에 맴돌았다. 안정적인 회사.

갑자기 '안정적'이라는 말에 의문이 생겼다. 정말 안정적인 회사가 맞나? 단지 이런 환경이 안정적이라고 세뇌당한 것은 아닐까? 문득 '안정'이란 단어의 뜻을 찾아보았다.

상황과 환경에 휘둘리지 않고 평화로운 상태를 유지함

더욱 의문이 들었다. 사전적 의미라면, 안정적인 직장 생활이란 직장의 상황과 환경에 휘둘리지 않고 평화로운 상태를 유지해야 한다. 그런데 정작 우리의 현실은 그렇게 평화롭지 않다.

우리는 IT 회사에서 서비스를 기획하고 있었다. 다른 분야도 그렇지만 IT 업계는 특히나 빠르게 변화한다. 그런 의미에서 우리가 다니는 회사는 지나치게 가변적이었다. 좁게는 내가 맡고 싶지 않은 서비스의 담당자가 되기도 하고, 정말 만나고 싶지 않은 사람을 팀원으로 맞이하기도 한다. 넓게는 조직, 사람, 임원, 회사가 추구하는 것 등에 따라 회사의 기조가 쉼 없이 변한다. 우리가 앞으로도 쭉 안정적으로 일할 수 있을까? 그런 생각이 들자, 불안한 생각이 꼬리를 물었다.

매달 들어오는 월급에 익숙해져서 조금씩 수동적이고 게을러지겠지. 그러다 보면 실무는 뒷전이고, 보고서를 그럴듯하게 꾸미는 데만 열을 올리겠지. 우리가 임원들에게 아부하는 데 열중하고 있는 동안에도 어리고 뛰어난 인재는 계속 들어오겠지. 그렇게 10년쯤 지나면 구조조정 대상자 명단에 우리 이름이 오르지 않을까? 마흔 살이 되었을 때 우리가 너무 이 회사에만 적합한 사람이 되어 있으면 어쩌지? 다른 회사에 이직하기도, 창업하기도 모호한 상황에 부닥친다면 어떻게 해야 할까?

평생직장이란 개념이 사라진 지 오래다. 내가 한 회사에서 끝까지 살아남기도 힘들지만, 한 회사 자체가 그리 오래 유지되는 것 자체가 기적 같은 세상이 되었다. 하루에도 수십 개의 회사가 생겼다가 사라진다. 이런 현실에서 어떻게 상황과 환경에 휘둘리지 않고 평화로운 상태를 유지하겠는가?

물꼬를 트고 나니 생각은 걷잡을 수 없이 흘러갔다. 언제 어떻게 될지 모르는 회사 안에서 안정을 찾는 게 옳은 일일까? 회사 밖으로 나가서 우리의 능력을 키우고, 회사가 어떻게 되든 상관없이 계속 일을 해나갈 수 있는 상황을 만드는 것이 진정 안정이란 의미에 가깝지 않을까? 문득 〈동물의 왕국〉에서 봤던 사자가 떠올랐다. 초원을 누비며 먹잇감을 사냥하는 모습이 동물원에서 보았던 그 동물이 맞나 싶게 늠름해 보였다. 매일 밥을 주는 동물원보다 맘껏 뛰어다닐 수 있는 초원이 사자에게는 더 안정적인 곳일지도 모르겠다.

그럼에도 불구하고

우리는 결국 퇴사하기로 마음을 먹었다. 그리고 세계 일주를 떠나기로 했다. 무작정 일을 그만두는 것은 아니었다. 우리 부부에게도 먹고사는 문제는 매우 중요했다. 그래서 생각해낸 게 여행을 하면서 일을 하는 '디지털 노마드'였다.

"그렇게 회사가 힘들었어?"

"회사가 힘들어서 그만두는 게 아니야. 그럼에도 불구하고 그만두게 된 거지."

우리 계획을 주변에 이야기했을 때 가장 많이 들었던 말이 "회사가 얼마나 힘들길래 그만두냐"였다. 사실 우리는 오히려 회사에 무척 만족감을 느끼고 있었다. '그럼에도 불구하고' 회사를 그만둔 것이다.

결혼하기 가장 좋을 때는 혼자 있는 게 좋을 때라고 한다. 외로워서 사람을 만나면 자신의 외로움에 눈이 멀어 상대를 보지 못한다. 그런 상황이 지속되면 서로 지치게 되는 것이다. 나 혼자서도 충분히 행복할 때 상대를 만나야 그 사람의 행복도 돌볼 수 있다. 직장 생활도 마찬가지다.

"회사에 딱히 불만은 없어. 회사에 만족할 때가 가장 퇴사하기 적당한 때가 아닌가 싶어. 지금이 나의 미래에 대해 가장 냉정하고 합리적으로 생각할 수 있는 시기인 것 같아."

결혼한 후로 우리는 '시작'과 '안정'이라는 말에 관해 많은 고민을 했다. 사실 곧바로 퇴사를 결심할 정도로 능력이 있는 것도 아니었고, 무언가 새로운 시작을 하고 싶다는 열망도 크지 않았다. 하루아침에 끊길 월급이 걱정이었고, 퇴사한 후에도 우리가 커리어를 단단하게 이어갈 수 있을지 알 수 없었다. 10대 때 불렀던 유행가처럼 내가 주인이 되는 인생을 살기 위해서라도 퇴사 결정이 즉흥적일 수는 없었다. 우리 인생은 딱 한 번뿐이기 때문에 아무런 준비 없이 선택하기엔 두려움이 컸다.

우리가 퇴사를 결심하고 실행하기까지는 1년이 걸렸다. 먼저 돈을 모으기 시작했다. 온라인으로 자기 집을 숙박시설로 공유하는 서비스인 '에어비앤비'를 통해 신혼집을 외국인에게 빌려주고 추가 이익을 얻었다. 습관적으로 하던 소비도 줄였다. 한마디로 미니멀리즘의 시작이었다. 그와 함께 우리가 결혼을 준비하고, 퇴사를 계획하면서 겪었던 과정과 사연을 블로그에 적기 시작했다. 그러자 또 한 번 놀라운 일이 벌어졌다. 우리가 한 발자국 내디딘 그곳에 또 다른 문이 열린 것이다.

저희는 SBS 다큐멘터리 촬영 팀입니다. 제제 미미의 세계 일주 준비 이야기를 저희 다큐멘터리에 담고 싶은데요. 연락 부탁드립니다.

시작은 언제나 옳다

방송 촬영이라니! 떨리는 마음으로 연락을 했다. 여행을 다녀온 부부, 여행 중인 부부, 여행을 준비하는 부부, 이렇게 세 커플을 인터뷰하고 그 내용으로 가벼운 다큐멘터리를 만든다는 제안이었다.

세계 일주를 하는 사람들은 대부분 자신의 이야기가 다양한 매체에 소개되길 바란다. 오랜 시간 준비한 만큼 그 과정을 기록으로 남기고 싶고, 매체에 보도됨으로써 얻는 이점도 많기 때문이다. 그래서 직접 언론 매체에 접촉하는 사람도 많다. 그런데 우리는 블로그에 글을 쓴 것만으로 여행을 떠나기도 전에 좋은 기회를 얻게 된 셈이다. 정말 고마운 일이었다. 사실 그 시점에는 퇴사에 대해 여전히 고민하고 있었고, 세계 일주에 대한 확신도 없었다. 결심은 했지만 막상 안정되고 익숙한 현실을 버리고 미지의 세계에 발을 내밀려니 겁이 나기도 했다. 그때 날아온 희소식은 우리에게 세계 일주가 숙명이라는 확신을 심어주었다.

초심자의
행운

·
·
·

완벽하지 않아도 괜찮아

우리가 방송에 나온 시간은 그리 길지도 않았다. 길어야 한 5분 정도 나왔을까? 하지만 그 5분밖에 안 되는 방송 출연이 나비처럼 날아오르더니, 얼마 후 우리 삶에 태풍과 같은 변화를 불러일으켰다.

방송이 나간 후 우리는 회사에 퇴사 의사를 밝혔다. 방송까지 나간 이상 퇴사를 미룰 수는 없었다. 나름 공중파인 데다 유명한 드라마가 시작하기 바로 전에 방영하는 방송이어서 회사 사람도 볼 수 있었기 때문이다. 퇴사 의사를 입 밖으로 꺼내니 정말 무언가 새로 시작하는 듯한 느낌이 들었다.

그때까지만 해도 우리가 하려는 일이 '디지털 노마드'라고 불리는지는 알지 못했다. 방송에서 여행하면서 일도 함께할 것이라는 포부를 밝히기는 했지만, 구체적인 계획을 세운 상태는 아니었다. 무작정 일을 시작할 수는 없었기에 그 분야에 대해 전문적인 공부를 하기로 했다. 디지털 노마드에 대해 알아보던 중 온라인에서 다양한 디지털 노마드의 삶을 소개하던 도유진 씨의 블로그까지 찾아가게 되었다. 그 블로그에 포스팅된 글을 읽으면서 세상에 우리와 비슷한 생각을 하는 사람들이 많고, 그 사람들이 전 세계를 누비면서 여행과 일을 병행하고 있다는 사실을 알게 되었다.

당시 도유진 씨 블로그에 대한 호응은 굉장히 뜨거웠다. 여행과 일을 함께 할 수 있다는 이야기에 매력을 느낀 많은 블로거의 지지를 받고 있었다. 열기에 감동한 우리는 무작정 도유진 씨에게 연락을 했다. 다행히도 도유진 씨는 흔쾌히 우리에게 다양한 정보를 나눠줬다.

그러던 어느 날, 태국에서 일하고 있던 도유진 씨가 한국에 잠깐 들어올 일이 있다고 했다. 반가운 마음에 "와서 꼭 만납시다!"라고 얘기를 했는데, 도유진 씨가 더 나아가 놀라운 제안을 했다.

"한국에서 디지털 노마드 포럼을 하려는데 혹시 두 분이 연사로 서줄 수 있을까요?"

"우리가요? 우리는 아직 여행도, 일도 시작하지 않았는데요."

"디지털 노마드 중에 동양 부부는 정말 흔치 않은 사례예요. 게다가 두 분 다 한국에서 꽤 알려진 회사를 그만두고 시작하는 것이잖아요! 시도만으로도 의미가 있어요. 많은 사람에게 영감을 줄 수 있을 거예요."

디지털 노마드라는 말을 알게 된 지 한 달도 안 돼서 포럼의 연사로 설 기회가 주어지다니. 정말 말도 안 되는 나비효과였다. 우리는 일단 하겠다고 했다. 우리 부부 둘 다 거절을 잘 못 하기도 했지만, 무엇보다 블로그로만 소통하던 도유진 씨를 직접 만나는 것이 무척 기대되었기 때문이다.

디지털 노마드 포럼이 국내에서 개최된다는 소식에 많은 IT 업계 사람들과 디지털 노마드를 꿈꾸는 사람들의 신청이 줄을 이었다. 하루 만에 참가 신청이 마감될 정도로 열기가 뜨거웠다. 그곳에서 사연을 발표한 이후, 우리는 단순히 세계 일주를 위해서가 아니라 디지털 노마드가 되기 위해 회사를 그만둔 커플이 되었다.

행사가 끝난 후 우리는 한국에서 디지털 노마드 관련 기획 기사를 준비하는 많은 기자의 취재 대상이 되었다. 또한 도유진 씨가 1년에 걸쳐 만들던 디지털 노마드 다큐멘터리의 한 꼭지를 장식하게 되었다.

시작은 언제나 옳다

어설퍼도 한 발자국 내딛으니

디지털 노마드 포럼에 연사로 선 후 우리는 더 많은 주목을 받게 되었다. 그곳에서 만난 한 팟캐스트 진행자의 섭외를 받아 〈당신의 물건〉이라는 방송에 출연하기도 했다. 그뿐만 아니라 팟캐스트 진행자의 소개로 새로운 사람들을 만나게 되었다. 그들은 '라이프스퀘어'라는 미디어 콘텐츠 회사 사람들이었는데, 당시 새로운 강연회를 준비하고 있었다. 서울시청에서 지원하고, EBS에서 방송하는 큰 강연회였다. 그들은 강연회의 연사로 우리 부부를 초대하고 싶다고 했다.

이게 무슨 일인지! 우리에게 벌어지는 일이 꿈만 같았다. 아니, 누가 계획하고 일을 꾸몄다 해도 이렇게까지 할 수는 없을 듯했다. 우리에게 일어난 이 모든 일이 우연과 인연으로 이루어졌다면 과연 누가 믿을까? 당사자인 우리조차도 믿어지지 않는데 말이다.

우리는 강연할 만큼 대단한 사람이 아니라고 몇 번이나 말했다. 하지만 그들은 이번 강연회 콘셉트가 새로운 방식으로 사회에 도전하는 '평범한' 사람들의 이야기를 담는 것이기 때문에 무척이나 적합하다고 설득했다. 결국 우리는 '20×20 #청년'이라는 독특한 이름의 강연회에 부부 연사로 서게 되었다.

강연은 20분 동안 TED 형식으로 진행되었다. 재녹화 없이 생방송처럼 이루어질 예정이었기 때문에 엄청난 사전 준비가 필요했다. 이렇게 방송에 나가는 강연을 하는 자체가 처음이었다. 먼저 우리가 원고를 써 가면 관계자들이 그 내용을 검토하고 피드백을 주었다. 우리는 피드백에 맞추어 원고를 수정하고 발표 자료를 만들었다. 그 후 관계자들 앞에서 발표 연습을 몇 번이나 했다. 정말 부끄러웠지만, 연습할 때 머뭇거리면 실제 관객들 앞에서는 더 못할 것이라는 생각에 얼굴에 철판을 깔고 말을 이어갔다. 중간중간 유머가 너무 없다는 피드백을 받고 우리 스타일대로 농담도 추가했다.

이 모든 과정이 눈코 뜰 새 없이 진행됐다. 퇴사와 강연, 세계 일주 준비를 동시에 하느라 몸이 세 개라도 모자를 지경이었다. '우리는 강연을 하고, 그날 밤에 짐을 싸고, 다음 날 아침에 1년간의 세계 일주를 떠났다'라는 말이 그때의 상황을 잘 표현해준다.

드디어 강연회 날, 서울시청을 빼곡히 메운 청중과 번쩍번쩍한 카메라가 우리를 맞이했다. 분장 팀이 따로 있었고, 대기실도 있었다. 매우 긴장되었지만, 한편으로는 신이 났다. 우리가 세계 일주를 떠나게 된 스토리를 이렇게 많은 사람에게 이야기하고 갈 수 있다니! 많은 사람의 응원을 받고 출발하는 기분이 들어서 힘이 났다. 우리는 이날의 마지막 연사였다. 우리를 보러 온 가족과 지인들에게 부끄럽지 않은 모습을 보이고 싶었다.

"여러분, 내일 뭐 하세요?"

"교회 가요."

"놀러 가요."

"쉬어요."

"저희와 같은 일정을 가진 사람은 이곳에 없나 보네요. 저희는 내일 세계 일주 떠나요!"

이 모든 꿈같은 일들이 아주 작은 시도에서 출발했다. 그저 블로그에 '세계 일주를 갈 예정이고, 여행하면서 일도 할 예정이다'라는 글을 쓴 것이 시작이었다. 그 작은 행동이 우리를 여기까지 데리고 온 것이다. 물론 현재의 안정을 버릴 각오가 있었기에 가능한 행동이었다. 그렇지만 그것이 생각으로만 멈췄다면 아무 일도 일어나지 않았을 것이다. 무슨 일이 일어나길 바란다면 한 걸음 앞으로 나아가야 한다. 나비가 날아야만 태풍이 일어나는 것이다.

어설퍼도 한 발자국 내딛으면,

눈앞에 마법처럼 그다음 표지판이 나타난다

예상치 못하기에
세상이 재미있다

.
.
.

내가 가장 필요한 것

신혼여행 때였다. 여행 내내 분주하게 돌아다녔다. 신혼여행이라
고 하기에는 너무 빡빡한 일정이었다. 단 2주 만에 이탈리아에서
크로아티아까지 돌아보는 계획이었다. 그래서 항상 새벽에 일어
나서 바쁘게 이동하곤 했다. 이때만 해도 무조건 많이 보는 것이
최고라고 생각했다.

여행 10일 차에 접어들었을 때 이탈리아 피렌체에 도착했다.
피렌체 시내에서 조금 떨어진 곳에 숙소를 얻었다. 그 숙소에서
빌려주는 자전거를 타고 피렌체 시내를 구경하기로 했다. 조금 늦
은 시간에 도착했지만, 밥을 먹기 위해 자전거를 끌고 밖으로 나

섰다. 피렌체 올드타운의 길은 자전거를 타기엔 좋지 않았다. 돌로 만든 울퉁불퉁하고 오래된 보도를 그대로 쓰고 있기 때문에 여행자 사이에서는 악명이 높았다. 특히 캐리어를 끌고 다닐 때 조심해야 할 도시로 손꼽힌다.

피렌체에 가면 누구나 다 먹는다는 티본 스테이크를 먹으러 갔다. 와인에 취해서 자전거를 끌고 걸어오는데, 어느새 저녁이었다. 날이 저무니 갑자기 도시가 북적이는 느낌이 들었다. 무슨 일인가 하여 주변 사람에게 물어보니, 1년에 딱 하루, 4월 30일에 이곳에서 '노떼 비앙카(Notte Bianca)'라는 축제가 열린다고 했다. 노떼 비앙카는 '백야'라는 뜻으로, 밤새도록 먹고 마시면서 공연을 즐기는 큰 축제다. 유럽의 상점은 대부분 오후 아홉 시가 넘으면 문을 닫고 거리를 다니는 사람도 줄어드는데, 이날 밤은 도시 전체가 한낮처럼 밝다.

낮에는 축제가 열린다는 낌새조차 느끼지 못할 정도로 조용했는데 밥 먹고 나오는 잠깐 사이에 이런 축제의 장이 열리다니, 참으로 신기했다. 이럴 때가 아니면 언제 또 즐기겠는가. 우리는 이름 모를 밴드의 연주를 들으며 모르는 사람들과 함께 신나게 놀았다. 밤 열두 시 카운트다운 소리가 울려 퍼졌다.

다음날 조식을 먹을 때 같은 숙소에 묵는 커플을 만났다.

"어제 축제에 오셨어요?"

"네? 축제요?"

"네. 피렌체 올드타운에서 밤새도록 축제가 있었어요!"

그 커플은 일찍 귀가해서 쉬었다고 했다. 그런 축제를 하는지 아예 몰랐다면서, 알았으면 갔을 것이라고 무척 아쉬워했다. 그러다 문득 '내가 이 사람들의 연락처를 알았더라면 축제가 있다고 알려줬을 텐데'라는 생각이 들었다. 하지만 모르는 사람과 개인적으로 연락처를 공유하는 것은 좀 위험했다. 그렇다면 아예 같은 도시에서 여행하고 있는 사람들끼리 자동으로 연결되어 정보를 공유하고, 서로 묻고 답하는 서비스가 있으면 좋지 않을까 하는 생각으로 발전했다. 위치 정보를 기반으로 내가 지금 여행하는 도시의 타임라인이 열리고, 그 도시를 여행하는 누구나 글을 쓰고, 댓글을 달 수 있다면 좋지 않을까? 축제 소식이나 세일 정보를 공유하고, 막차 시간, 동행 구하기, 맛집 정보 등 다양한 혜택을 누릴 수 있을 텐데.

혹시 비슷한 애플리케이션이 있는지 찾아봤지만 눈에 띄지 않았다. 여행하기 전에 루트를 설정하고 맛집을 검색하는 서비스는 많지만 여행 중에 사용할 만한 서비스는 별로 없었다. 사실 여행이란 게 준비한 대로 착착 진행되는 경우는 많지 않다. 어느 순간에 돌발 변수가 튀어나오기 마련이다. 여행 중에 누군가의 도움이 필요할 때 같은 곳을 여행하는 사람들과 이야기를 나누는 서비스가 있으면 좋겠다는 막연한 생각은 신혼여행이 끝날 때까지 머릿속에서 떠나지 않았다.

우리의 막연한 생각은 '에요트립(AyoTrip)'이라는 앱 서비스로 발전했다. 사실 신혼여행을 다녀온 직후에는 너무 바빠서 이 아이디어 자체를 잊어버리고 있었다. 하지만 우리가 새로운 삶의 방식에 대해 고민하며 스타트업을 해보려 할 때 이 아이디어가 다시 떠올랐다. 위치 기반 여행지 정보 공유 서비스! 세계 일주를 다니면서 애플리케이션을 직접 사용하고 홍보할 수 있겠다고 생각했다. 다음 여행을 떠나기 전 완성하는 것을 목표로 서비스를 준비하기로 했다. 회사에 다니던 때라 주말마다 모여서 서비스를 구체화했다. 아쉽게도 목표했던 것처럼 여행을 떠나기 전 서비스를 론칭하지는 못했다. 세계 일주를 시작한 후에도 초기 3개월 동안은 이 서비스를 론칭하는 데 목을 맸다. 이렇게 만들어진 에요트립은 우리 부부의 첫 번째 스타트업이 되었다.

시작의 뒤에는 기회가 있다

세 명의 청년이 있었다. 그들은 멋진 소프트웨어를 만들어 억만장자가 되고 싶었다. IT 창업자들이 모인다는 샌프란시스코 실리콘

밸리에 작은 방을 하나 얻어서 그곳에서 먹고 자면서 일을 했다. 하지만 아이템을 성공시킨다는 게 만만치 않은 일이었다. 금세 모아놓은 돈이 바닥나버렸다. 그들은 급전이 필요했다. 그래서 자신들이 먹고 자던 곳에 에어베드를 하나 가져다 놓고, 집 사진을 찍어 인터넷에 올렸다. 자신이 사는 집을 공유하는 대신 약간의 돈을 받기로 했다. 한 번 두 번 게스트를 받다 보니, 이게 보통 재미있는 일이 아니었다. 그들은 제대로 사이트도 만들고, 주변 지인의 집도 올리기 시작했다. 한 집, 열 집, 백 집…. 호스트들이 계속해서 자신의 집을 올리고, 게스트들은 현지인의 생활을 경험해보고 싶은 마음에 호텔 대신 이곳을 선택했다. 이것이 바로 에어비앤비의 창업 스토리다.

최근 소프트웨어 기업들의 성공 스토리를 듣다 보면 우연히, 예상치 못한 곳에서 즐거운 일이 발생한 경우가 종종 있다. 그렇게 대단한 창업 스토리는 아니더라도 우리에게도 소소하고 예상치 못한 즐거움은 언제나 찾아올 수 있다.

디지털 노마드의 핵심은 여행과 일을 함께 하는 것이다. 우리는 여행을 하며 에요트립 서비스를 겨우 론칭했다. 사실 스타트업의 시작은 서비스 론칭 이후부터다. 서비스를 론칭한다고 갑자기 유저가 몰려들진 않는다. 론칭 후 마케팅과 홍보가 더 중요하다는 말이다. 우리는 오프라인과 온라인으로 나누어 마케팅 전략을 짰

시작은 언제나 옳다

다. 오프라인에서는 호스텔이나 게스트하우스를 돌아다니며 팸플릿을 나누어줬고, 온라인에서는 '카드뉴스'와 '블로그'로 홍보를 했다.

마케팅을 위해 매일 카드뉴스를 만들었는데, 매번 포토샵 프로그램을 켜서 작업하는 게 너무 귀찮았다. 어차피 똑같은 템플릿으로 만들 거라면 굳이 매번 새로 작업할 필요가 있을까? 좀 더 쉽게 만들 방법은 없을까? 불편함을 느끼자 이를 해소할 아이디어가 나왔다. 바로 템플릿이 들어 있어 카드뉴스를 쉽게 만들 수 있는 애플리케이션을 만드는 것이었다.

에요트립은 론칭하는 데 6개월이 걸렸지만, 카드뉴스 만들기 애플리케이션은 일주일 만에 완성했다. 카드뉴스 제작은 어차피 반복 작업이기 때문에 정해진 템플릿이 있으면 누구나 쉽게 만들 수 있다. 하지만 포토샵 프로그램을 다루지 못하는 사람이나 디자인 감각이 없는 사람들에게는 그것조차 어렵게 느껴진다. 그런 사람들에게 이 애플리케이션이 도움을 줄 수 있다고 생각했다. 우리가 필요해서 만든 애플리케이션이지만 '좋아요를 부르는 카드뉴스 만들기'라는 이름으로 마켓에 올려 모두와 공유했다.

또한 블로그로 마케팅을 하다 보니 소위 '짤방'을 많이 쓰게 되었다. 짤방이란 블로그 글에서 감초 역할을 하는 재미있는 이미지를 말한다. 짤방을 쓸 때마다 매번 검색창에서 글의 상황에 맞는 이미지를 검색하는 일이 반복됐다. 우리는 이 문제 또한 간단하게 해결했다. 2,000개 정도의 짤방을 모은 후 태그를 달아서 필요할 때 쉽게 검색해서 쓸 수 있는 짤방 검색기를 만들었다. 이것도 '이럴 땐 이런 짤'이라는 이름을 붙이고 모두가 쓸 수 있도록 공유했다.

예상치 못한 일이 일어났다. 아무런 광고를 하지 않았던 이 두 애플리케이션의 다운로드 수가 놀라울 정도로 늘기 시작한 것이다. 초기 1,000~2,000명 정도였던 '이럴 땐 이런 짤'의 다운로드 수가 석 달 만에 2만 4,000명으로 늘더니, 한 달 후에는 누적 다운로드 수 6만 2,000명까지 늘어났다. 현재는 거의 30만에 육박하는 다운로드 수를 기록하고 있다. '좋아요를 부르는 카드뉴스 만들기' 애플리케이션 역시 다운로드 수가 꾸준히 상승해 현재 2만 명 이상을 기록하고 있다.

두 애플리케이션 모두 제대로 된 서비스라고 하기엔 보잘것없다. 우리의 필요에 따라 급히 만든 애플리케이션이기 때문이다. 그런데 지금도 계속 다운로드 수가 늘고 있다. 야심 차게 준비한 에요트럽보다 계획에 없던 서비스 두 개가 더 큰 성공을 거둔 셈이다.

이 정도를 가지고 엄청난 성공을 이루었다고 할 수는 없다. 다만 여기서 깨달은 것은 언제, 어디서 기회가 올지 모른다는 점이다. 열심히 공들여 준비한 것이 실패할 수도 있고, 필요해서 그냥 해본 것이 성공할 수도 있다. 그러니 최선을 다한 일이 잘 안 되었다고 낙담할 필요는 없다. 노력하다 보면 언젠가는 좋은 기회가 슬쩍 찾아와 문을 두드릴 것이다.

모든 시작에는 연습이 필요하다

우리 둘은 여행에서 돌아온 후 지금까지 계속해서 새로운 서비스를 만들기 위해 노력하고 있다. 회사에서 시키는 일을 했던 5년 동안은 의미가 있든, 없든 돈을 받을 수 있었다. 하지만 스타트업은 다르다. 내가 밤을 새우며 노력해도 한 푼도 못 벌 수 있고, 생각지도 못하게 크게 성공해 많은 돈을 벌 수도 있다. 처음에는 돈을 쓰면서 일을 해야 한다고 생각하니 앞이 깜깜했다. 게다가 5년간 남이 시킨 일을 수행하는 것에 익숙해져 있었기 때문에 스스로 일을 만들어서 해야 하는 것이 무척이나 어색했다. 우리는 계약 관계로 만난 단순 동업자가 아니라 부부였기 때문에 조금이라도 피곤하면 "오늘은 쉴까?"라며 일을 미루기 일쑤였다.

사실 세계 일주를 하며 만든 애플리케이션들은 제대로 된 스타트업의 서비스라 말하기에는 부끄러운 수준이었다. 여행하며 일을 하는 것은 생각보다 큰 스트레스로 다가왔다. 새로운 환경에 적응하는 것도 어려운데, 일까지 해야 하다니 우리에겐 큰 부담이었다. 일도, 여행도 모두 놓치는 기분이 들었다.

또한 전 세계 사람들로부터 서비스에 대한 피드백을 받는 일은 생각보다 후유증이 컸다. 한 번 포럼에 참석해서 서비스를 소개하고, 피드백을 받고 나면 일주일간은 혼란에 빠졌다. 너무 신랄한 비판에 하루에도 열두 번씩 때려치우고 싶다는 생각이 들었다. 언어의 장벽 때문에 글로벌 서비스를 소개하는 일 역시 큰 한계로 다가왔다. 어떻게든 한 서비스라도 성공시키고자 했던 우리의 다짐이 여행 말미에는 거의 무너지기에 이르렀다.

부부 스타트업을 시작한 지 2년 차에 접어드는 지금에야 조금씩 하는 일에 익숙해져 가고 있다. 여러 서비스에 실패하면서 우리는 성장했고, 단단해졌다. 두 번째 여행에서 돌아온 후 1년 동안은 우리 일은 하지 않고 프리랜서로 다른 기업의 서비스를 만들거나 기획하는 일을 했다. 이제는 재정적으로 조금 안정이 되었기 때문에 다시 새로운 스타트업을 시작해보려고 한다. 우리 부부의 버킷리스트에는 많은 바람이 적혀 있다. 우리만의 브랜드 만들기, 서비스 만들기는 이제부터 시작이다.

시작은 언제나 옳다

시작은 역시
옳다

:
:
:

텅 빈 명함에 담긴 것

회사를 나온 뒤로 새로운 사람을 만날 기회가 많이 생겼다. 그날
도 그랬다. 우연히 초대받은 네트워킹 자리에서 만난 한 분께 제
제가 명함을 건네며 인사를 드렸다. 그분은 제제의 명함을 보더니
흠칫 놀라며 직업을 물었다.

"명함에 아무것도 없네요. 혹시 하시는 일이…?"

제제가 건넨 명함에는 이름과 연락처, 그리고 작은 로고만 박
혀 있었다. 명함이라면 으레 있어야 하는 회사, 소속팀, 직급, 직책
등이 없으니 처음 보는 사람이라면 당황스러워할 만도 했다.

처음부터 이런 명함을 가지고 다녔던 건 아니었다. 3년 전만

해도 명함에 회사와 팀, 직급, 직책 등이 빼곡히 적혀 있었다. 그리고 누구를 만날 때마다 명함을 건네며 '안녕하세요. SK텔레콤에 다니는…'으로 인사를 시작했다.

공유 숙박을 하는 우리 집에 찾아온 게스트가 물었을 때도 똑같이 대답했다.

"What do you do?"

"네가 오늘 로밍해온 통신사 있지? SKT라고 쓰여 있는… 거기에서 일하고 있어."

"거기서 뭐 하는데?"

"지금은 HRD(인적자원개발) 업무를 하고 있어. 그전에는 엔지니어였어."

"그렇구나. 근데 궁금한 게 있어. 왜 대부분 한국 사람들은 직업을 물으면 회사 이름을 얘기해? 그 회사에 한 명만 다니는 게 아니잖아?"

순간 당황했다. 그래, 이 친구가 했던 질문은 "무슨 회사에 다니니(What is your company)?"가 아니라 "무슨 일을 하니(What do you do)?"였다. 직업을 물어봤는데, 직장을 대답한 것이다.

부끄럽지만 그때까지 제제는 자신의 직업을 모르고 있었다. 당시엔 인사팀에서 사원 교육 업무를 하고 있었지만, 그 전년도까지만 해도 기술팀에서 네트워크 엔지니어로 일했다. 또 당장 내년

엔 어떤 팀에서 어떤 업무를 하게 될지 몰랐다. 매년 팀이 바뀌고 역할도 바뀌었다. 우리는 그저 회사가 시키는 대로 할 뿐이었다. 그래서 누가 무슨 일을 하느냐고 물으면 대개 회사 이름을 얘기하곤 했다. 우리 사회에서는 그 대답이면 충분했다.

하지만 직장과 직업은 엄연히 다르다. 직업은 자신의 적성과 능력에 맞춰 생계를 유지하기 위해 하는 '일'을 의미하고, 직장은 그 일을 하기 위해 계약 관계에 있는 '일하는 곳'일 뿐이다. 누군가 무엇을 하는 사람인지를 물었다면 내가 하는 일을 이야기해야지, 내가 계약해서 일하는 곳을 얘기하면 안 된다.

새삼 직업과 직장이 다르다는 사실을 깨닫고 나니 '내 명함에서 회사와 팀, 직책을 지우면 과연 뭐가 남을까'라는 의문이 들었다. 그때는 나를 어떤 사람이라 설명할 수 있을까? 흔한 말로 계급장 떼면 사람들이 나를 인정해줄까?

이런 생각들로 가득했을 무렵, 독일인 파비안 직스투스 쾨르너가 쓴 〈저니맨〉이라는 책을 읽게 되었다. 이 책의 주인공은 대학 졸업 후 구직 활동을 하며 별 볼 일 없이 살아가던 중 우연히 '중세 장인의 수련 여행'에 관해 알게 된다. 그들처럼 되고 싶다는 생각에 독일을 떠나 수련 여행을 다니면서 진짜 자신이 하고 싶은 일을 찾아가는 과정을 담은 이야기다.

그때 막연하게 수련 여행을 떠나고 싶다고 생각했다. 그리고

3년의 세월이 지났다. 우리는 내가 뭐 하는 사람인지 찾기 위한 여정을 떠났다. 그 덕분에 지금은 남들보다 조금 많은 '나'를 갖게 되었다. 물론 아직도 그 여정의 한가운데 있다.

우리는 오늘도 아무 직업이 적히지 않은 명함을 들고 다닌다. 그리고 만나는 사람에 따라 세계 일주 여행자가 되기도 하고, 사진작가나 스타트업 운영자가 될 때도 있다. 때로는 공유 숙박의 호스트이기도 하고, IT 프리랜서 기획자, 책을 쓰는 작가, 강연하는 강사 등이 되기도 한다.

곰곰이 생각해보자. 나는 무엇을 하는 사람인가? 만약 이 질문에 바로 대답할 수 없다면, 그 답을 찾기 위한 새로운 무언가를 시작해보는 건 어떨까. 우리의 첫걸음이 그렇게 시작된 것처럼.

여러 우물을 파도 될까

결혼식 직전 만난 웨딩플래너가 말했다. 당신의 인생은 한 번뿐이니 하고 싶은 일을 후회 없이 하라고 말이다. 하지만 회사에 다닐 때는 많은 것을 해볼 수 없었다. 눈코 뜰 새 없이 쏟아지는 회사 업무를 처리하기에도 벅찼다. 회사원에게는 '욜로'라는 말은 사치에 지나지 않았다.

회사를 그만둔 후에는 많은 것이 바뀌었다. 공유 숙박을 본격적으로 시작했고, 게스트에게 좋은 평가를 얻어 공유 숙박 회사의 광고 모델이 되기도 했다. 스타트업을 시작하기도 했다. 비록 아직 '대박'이라고 할 만큼 성공한 서비스는 없지만, 지금도 새로운 서비스를 기획하고 만들어나가는 중이다. 또한 우리의 커리어를 살려 여러 기업의 프로젝트에 참여 중이다. 가끔은 사진작가로 작품 활동을 하며 돈을 벌기도 한다. 스튜디오 설립, 요식업 등 다양한 업종에도 관심이 있다. 매일 아침에 꼭 가야 하는 곳이 없기 때문에 원하면 언제든 여행을 떠날 수도 있다. 노트북만 있으면 어디서든 일할 수 있는 디지털 노마드가 된 것이다.

우리는 진정한 안정을 찾기 위해 회사를 나왔다. 진정한 안정이란 나이가 들어도 스스로의 힘으로 먹고살 수 있는 것이 아닐까? 좋아서 하는 일로 수익 활동을 할 수 있다면 더 바랄 게 없을 것이다.

한 분야에서 독보적인 성과를 내기 어렵다면 다양한 일을 통해 약간의 성과를 기대해보는 게 낫다. 쉽게 말하면 한 분야에 노력을 집중해봐야 '대박'을 기대하기 힘드니, 다양한 일을 하면서 소소한 수익을 얻는 편이 낫다는 말이다. 실제로 우리는 다양한 분야에서 수익을 조금씩 창출하고 있다. 회사에 다닐 때처럼 안정적으로 돈이 들어오진 않지만 여러 분야에서 활동하는 덕분에 불안감이 덜하다. 우리가 수익 활동을 벌이고 있는 모든 분야가 한꺼번에 망할 확률은 굉장히 낮기 때문이다.

우리에게 있어서 욜로란 지금 하고 싶은 일을 하면서 돈도 벌 수 있도록 노력하는 것이다. 그리고 하고 싶은 일을 최대한 많이 발견하는 것이다.

별것 아닌 시작

"회사 그만둔 거 후회 안 해?"

가끔 야생에 버려진 기분이나 외롭다는 생각이 들 때면 우리는 서로에게 묻는다. 따뜻하고 안전한 회사에서 나와 살벌한 밀림을 뒹구는 것이 힘들지 않느냐고. 우리의 선택이 올바른 결정이었을까? 조금 더 버텼더라면 더 안정적으로 살 수 있지 않았을까?

조금 불안한 것도 사실이지만 돌이켜 보면 회사를 그만뒀기 때문에 누릴 수 있었던 것도 많았다. 방송에도 출연하고, 많은 사람 앞에서 강연도 하고, 세계 일주를 준비하며 추억도 많이 만들었다. 회사를 계속 다녔다면 그렇게 긴 여행을 떠날 수도 없었을 테고, 둘이 꼭 붙어서 달달한 신혼을 만끽할 수도 없었을 것이다. 가족보다 더 가깝게 지낼 정도로 좋은 사람들을 만날 수도 없었을 것이고, 사업의 단맛과 쓴맛을 느끼지도 못했을 것이다. 사진전을 열거나 한옥에 사는 일도 없었을 것이다. 이름을 들으면 알만한 잡지에 우리 이야기가 실리지도 못했을 것이고, 지금처럼 이렇게 책을 쓸 수도 없었을 것이다. 모든 일이 회사를 그만두었기 때문에 시작된 것이다.

절대 흔들리지 않겠다는 비장한 각오로 시작한 일이 작심삼일로 끝나버린 경험은 누구에게나 있을 것이다. 그 이유는 무슨 일을 할 때 계획대로 되어야 한다고 고집하기 때문이다. 계획과 달라져도 어떻게든 일을 진행해 나가면 된다. 우리는 회사에 다니면서 공유 숙박을 시작했고, 그것을 통해 다양한 영감을 주는 사람들을 만나게 되었다. 그 사람들처럼 살아보기 위해 이것저것 알아보면서 세계 일주를 가기로 했다. 우리의 결심을 블로그에 올리고, 그 글이 계기가 되어 TV에 출연하고, 그 후에 강연까지 하게 되었다. 이 모든 게 회사에 다니면서 시작한 작은 실천으로부터 일어난 일이다.

한 번 사는 삶. 그 주인이 나라는 것을 깨닫고, 내가 원하는 대로 삶의 방향을 바꿔 가는 게 진정한 욜로가 아닐까. 우리는 원하는 방향으로 삶의 운전대를 틀었다. 그렇다고 해서 남들과 전혀 다른 쪽이 아닌, 아주 조금 다른 그런 삶으로 말이다.

우리는 영원히 명함에 쓸

단 한 줄을 찾아내지 못할 것이다

그리고 그 텅 빈 명함이

우리를 설명하는 완벽한 답이 되리라

2

⋮

출발선
바로
직전에는

좋아 보이는 것의
비밀

:
:
:

알고 싶은 게 생기면

우리 부부의 버킷리스트에는 '같이 사업하기'가 있었다. 우리의
적성에 맞는 직업이 무엇일까 고민하다가, 새로운 사업을 함께하
면 좋겠다는 생각에까지 이른 것이다. 그리고 우리는 그 소원을
이루기 위해서 한 발자국 앞으로 나아가보기로 했다.

처음부터 구체적인 청사진이 있던 건 아니었다. 둘 다 IT 업계
에서 일을 하고 있었기 때문에 막연하게 '다들 하는 것처럼 애플
리케이션을 만들어볼까?'라는 생각을 하게 되었다. 취미 삼아 만
들어보다가, 잘 되면 둘이서 함께하는 사업으로 키울 수 있지 않
을까 하는 핑크빛 꿈을 꿨다. 언제나 그렇듯 시작은 미약했다.

막상 애플리케이션을 만들려고 보니 무엇부터 해야 할지 감이 안 왔다. 우리는 일단 잘 만든 서비스들을 직접 써보면서 분석하기로 했다.

"에어비앤비 서비스 정말 잘 만든 것 같아. UX(사용자 경험)가 대박이야! 이런 플랫폼 처음 봤어!"

에이비앤비는 세계적으로 널리 사용되고 있는 공유 숙박 서비스 중 하나다. 당시 공유 경제가 업계의 가장 핫한 화두였는데, 에어비앤비는 우버와 함께 공유 경제를 대표하는 서비스였다. 호스트는 집의 남는 방을 게스트에게 빌려주고 숙박비를 받는 구조로, 돈도 벌고 게스트와 교류도 할 수 있다. 가장 마음에 들었던 부분은 호스트와 게스트가 서로에게 평점을 매기는 시스템이었다. 일명 쌍방향 별점 시스템! 애플리케이션의 섬세함에 감탄하며 이것저것 눌러보고 있는데, 미미가 말했다.

"우리 이거 한번 제대로 써볼래?"

"그래, 다음에 여행 갈 때 써보자."

"아니 그렇게 말고! 우리 집을 사이트에 올려보는 게 어때? 호스트로 이 서비스를 써보자. 호스트 모드일 때 UX를 보고 싶어."

"뭐라고? 신혼집을?"

제제는 어이가 없었다. 당연히 안 될 일이었다. 지난 몇 개월간 청소, 짐 정리, 셀프인테리어로 집을 가꾼 덕분에 이제야 친구들에게 자랑할 만한 수준으로 꾸미지 않았던가. 그런데 공유 숙박이라니! 우리 집을 어떻게 처음 보는 사람에게 빌려준다는 말인가.

"안 돼. 절대 안 돼. 죽어도 안 돼. 난 안 된다고 얘기했어."

"왜 안 된다는 건데?"

"이제 겨우 우리만의 공간으로 꾸며 놨는데, 난 싫어."

"네 방 어차피 안 쓰잖아? 빈방으로 썩힐 바엔 딱 한 번만 공유해보자. 응?"

우리 집에는 같이 쓰는 안방과 각자의 방이 있었다. 제제 방은 제제가 취미로 치는 기타와 컴퓨터, 각종 피규어로 한껏 꾸며져 있었다. 당시엔 회사 일로 바쁘다는 핑계로 집에 들어오면 안방에 들어가 자기 바빴기 때문에, 그 방에 들어가는 일은 한 달에 손에 꼽을 정도였다. 그렇긴 해도 그 방이 마음의 안식처라는 사실은 변함이 없었다. 그런 소중한 방을 내놓으라니!

무조건 안 된다고는 했지만, 제제는 이미 알고 있었다. 미미를 이길 수 없다는 것을. 결국 제제의 방에 있는 짐을 빼서 거실과 안방으로 옮기고 거실에 있던 소파베드를 가져다 둔 후 핸드폰으로 내부 사진을 찍어 공유 숙박 사이트에 올렸다.

"딱 한 번만 하는 거야. 호스트 모드 UX만 벤치마킹하고 나면 끝이야."

첫 번째 게스트

사이트에 집을 올리자마자 연락이 올 줄 알았는데 아무 일도 일어나지 않았다. 우리 집을 빌리겠다는 게스트가 없었다. 집을 공유하기로 했다는 사실조차 잊어버릴 때쯤 한 통의 메시지가 왔다.

안녕하세요. 당신의 집에서 묵고 싶습니다.

드디어 첫 손님이었다. 두근거리는 마음으로 메시지를 읽었다. 너무 짧다. 프로필에는 사진 하나만 달랑 있었다. 이 사람은 어떤 사람이지? 갑자기 무서워지기 시작했다. 제제의 완강한 반대에도 우기고 우겨서 방을 내놨는데, 처음 예약 문의한 사람부터 믿음이 가지 않는다.

안녕하세요. 예약 문의 감사합니다! 우리는 당신에 관해서 좀 더 알고 싶어요. 자기소개를 해줄 수 있나요?

에어비앤비가 다른 숙박 사이트와 다른 점은 호스트와 게스트가 직접 대화할 수 있는 메신저가 있다는 점이다. 호텔이나 게스트하우스는 손님이 어떤 사람인지 관심이 없다. 예약한 후 노쇼

시작은 언제나 옳다

(No-show)만 안 하면 좋은 거다. 하지만 자기 집을 공유하는 서비스는 신뢰가 생명이다. 어떤 사람인지도 모르고 아무나 우리 집에 들일 수는 없지 않은가. 우리는 떨리는 마음으로 첫 메시지를 보내고, 답장이 올 때까지 기다렸다.

아, 제가 제 친구에게 소개를 보내달라고 할게요. 잠시만요.

돌아온 답변 역시 미심쩍었다. 이게 또 무슨 소리지? 공유 숙박 시스템에 익숙해진 지금이야 이 사람이 대신 예약을 해주는 것이라고 짐작하겠지만, 처음 예약을 받은 우리에게 게스트의 이런 태도는 의아함만 키울 뿐이었다. 잠시 후 다시 메시지가 왔다.

안녕하세요. 저는 중국 난징 출신 판이에요. 제 계정이 오류가 나서 제 친구 리가 대신 예약을 해주었어요. 저는 무역 일을 해요. 그래서 여행을 많이 했고, 세계 여러 나라에 클라이언트도 많아요. 한국에도 클라이언트들이 있어요. 그동안은 주로 일 때문에 여행했는데, 이번엔 저 자신을 위한 여행을 하고 싶어요. 한국을 여행하는 동안 당신의 집에서 묵고 싶어요. 저는 고양이를 키우고, 음악을 좋아해요. 특히 기타를 좋아하는데, 이게 당신에게 방해가 되지 않았으면 좋겠어요. 제 페이스북 계정은 ○○입니다. 꼭 만났으면 좋겠어요.

고양이, 음악, 여행, 기타라니! 우리 부부와 코드가 매우 잘 들어맞았다. 그래도 혹시 몰라서 판이 남긴 페이스북 링크를 타고 들어가 봤다. 콜드플레이, 뮤즈, 라디오헤드…. 어쩜 좋아하는 아티스트도 우리 스타일이었다. 같은 취향이라는 게 기쁜 나머지 우리는 여권 인증도, 본인 확인 절차도 없이 대리 예약을 덜컥 수락해버렸다. 음악과 여행, 고양이를 좋아한다면 좋은 사람이겠지?

첫 게스트가 오기로 한 날이었다. 예약을 대신해준 리가 그를 데리고 우리 집으로 온다고 했다. 그런데 도착 시각이 하필이면 밤이었다. 우리는 갑자기 무서워졌다. 생판 모르는 중국 남자 두 명이 밤에 우리 집으로 오는 게 아닌가. 주변 친구들에게 문자를 보냈다.

'우리가 두 시간 넘게 연락 없으면 바로 경찰에 신고해줘.'

집을 깨끗이 청소하고, 향초를 피우고, 긴장된 마음을 다스리면서 기다렸다. 최대한 자연스럽게 보이고 싶었다.

벨이 울렸다. 드디어 첫 게스트 판이 도착했다. 페이스북에서 봤던 얼굴과 똑같이 턱수염이 덥수룩하고 머리를 질끈 묶은 남자와 아담한 키에 인상 좋은 남자 둘이 집 안으로 들어왔다.

"안녕하세요. 제가 리고, 이 친구가 판이에요."

자신을 리라고 소개한 사람은 한국어 실력이 수준급이었다.

"안녕하세요. 어서 들어오세요!"

난생처음 해보는 호스팅은 어리바리 그 자체였다. 일단 미리 확인하지 못한 여권을 달라고 했다. 여권을 복사해두고, 집을 소개해주었다. 판이 배가 고프다고 하자, 리가 홍대 근처에 있는 식당을 물어보았다. 우리가 자주 가는 고깃집을 알려주었다. 둘은 집에 10분도 머무르지 않고, 짐만 두고 나가버렸다. 그들이 나가자마자 친구들에게 다시 문자를 보냈다.

'나 살아 있어. 이 사람들 생각보다 괜찮은 것 같아.'

집에서 떠나는 여행의 시작

정말 혼이 나간 것처럼 정신없이 흐른 10분이었다. 정신 차리고 판의 방으로 짐을 옮겼다. 판이 돌아오면 함께 먹을 음료와 과일을 준비했다. 두 시간 정도 흘렀나. 판이 혼자서 집으로 들어왔다. 우린 어색하게 눈빛을 교환했다. 판도 첫 만남이라 정신이 없었나 보다. 우리 집 마루에 있는 기타를 보더니 눈이 휘둥그레졌다. "너희도 기타를 쳐?" 잠깐 거실에 나온 고양이를 보고 또 놀랐다. "고양이도 있었어?" 얘기를 들어보니 리가 판에게 우리 집에 관한 설명을 별로 안 해준 모양이었다. 리가 알아서 판과 성향이 비슷해 보이는 호스트의 집을 예약한 것이다.

처음에는 어색했지만, 음악과 고양이 얘기를 하다 보니 우리 사이가 빠르게 가까워졌다. 우리 부부가 퇴근하고 집에 오면 거의 밤 열 시가 넘었다. 그때부터 새벽 한 시까지는 판과 우리의 수다 타임이었다. 판과 대화를 하면서 여러 가지 흥미로운 사실을 알게 되었다.

판은 얼마 전까지 아이돌을 준비하는 연습생이었다. 하지만 포크송을 좋아하는 데다 춤추는 것이 싫어서 연습생을 그만두고 취직했다.

작은 등 하나 켜둔 채, 거실에 모여서 도란도란 이야기를 나눴다. 가끔 판과 제제가 기타를 쳤다. 판은 리와 함께 홍대에서 버스킹을 하러 왔다고 했다. 한국에 사는 리가 가끔 인사동에서 버스킹을 한다는 이야기를 듣고 함께 하고파서 온 것이었다. 중국에서는 포크송이 인기가 없고, 버스킹을 하면 못하게 막거나 아무도 처다보지 않는다고 했다. 하지만 한국 사람들은 포크송을 연주하면 좋아해준다는 리의 얘기가 그에게 용기를 주었다.

판의 여행은 단순했다. 일주일 동안 머물면서 매일 홍대로, 인사동으로, 한강으로 버스킹을 하러 다녔다. 하루는 온종일 노래를 불러서 번 돈으로 기타를 사 오기도 했다. 사 온 기타를 자랑하는 판의 모습은 정말 아이처럼 해맑아 보였다.

판이 떠나기 전 마지막 날, 미미의 친구이자 홍대에서 활동 중

시작은 언제나 옳다

인 인디 가수 구름달을 집으로 초대했다. 언어는 잘 통하지 않았지만 우리는 음악으로 금세 친구가 됐다. 구름달이 피아노를 치고, 판이 화음을 넣고, 리가 기타를 쳤다. 세상에 다시 없을 방바닥 콘서트는 유쾌하고 아름다웠다.

우리는 처음으로 만난 외국인 친구들에게서 강한 영감을 받았다. 회사를 옮길 예정이라는 판은, 바쁜 삶 속에서도 꼼꼼히 자기 자신을 챙기고 있었다. 미미는 판과 제제가 함께 불렀던 '100miles'이란 노래가 계속해서 생각이 났다. 제제는 처음 만난 외국인 친구와 며칠간 음악적 교감을 한 것에 엄청난 충격을 받았다. 처음에는 집 공유를 그렇게 반대했던 제제가 나중에는 오히려 적극적으로 나섰다.

"네 방도 게스트룸으로 바꾸자."

그렇게 우리는 안방을 제외한 모든 방을 한국을 찾는 외국인에게 내어주게 되었다. 졸지에 공유 숙박 호스트가 된 것이다. 그것이 세계로 나가는 여행의 시작이었다.

음악과 여행, 고양이면 충분했다
그와 우리가 친구가 되기에는

우연은 운명이
놓아주는 다리

.
.
.

꿈을 고민하는 시간

우리는 중고 침대를 사고, 결혼하면서 샀던 이불을 세팅해 방 두
개를 게스트룸으로 꾸몄다. 미지의 친구와 집을 공유하는 즐거움
에 푹 빠져버린 것이다. 첫 번째 손님이 돌아가기 무섭게 두 번째
손님의 예약이 들어왔다.

안녕, 우리는 독일에서 온 줄리아와 패트릭이야. 1년간 세계 일주를
하며 일도 하고 있어. 우리는 한국에 한 달 넘게 머물렀어. 부산과 제
주도, 작은 섬들을 여행했고, 여러 산을 트레킹했어. 남은 시간은 서
울에서 쉬려고 해. 우리는 디자이너와 개발자야. 고양이를 좋아하고,

시작은 언제나 옳다

음악과 여행을 사랑해. 너희도 개발자와 디자이너라고 했지? 좋은 친구가 될 수 있을 것 같아! 꼭 너희 집에 묵고 싶어. 그리고 우리가 진짜 후기 엄청 잘 써줄 테니, 방값을 조금 깎아줄 순 없을까?

두 번째 손님은 페이지가 가득 차게 메시지를 보내왔다. 세계 여행자라니 무척 신기했다. 세계 일주를 하면서 일도 하다니, 그게 가능한 일인가? 메시지에 적힌 내용은 궁금한 것투성이였다. 이렇게 자세히 자신을 소개하는데 예약을 안 받아줄 이유가 없었다.

며칠 후 키만큼 큰 배낭을 멘 사이 좋은 커플이 우리 집을 찾았다. 연신 집이 사랑스럽다고 환호하던 그들은, 너무 피곤해서 쉬어야겠다며 방으로 들어가 쓰러지듯 잠들었다. 사실 게스트가 찾아와도 우리의 삶은 예전과 다를 바 없이 바빴다. 새벽같이 일어나서 출근하고, 집에 돌아오면 열 시 즈음이었다. 게스트 체크인은 주말이나 밤에만 할 수 있었고, 근무 시간 사이사이 호스팅을 했다. 그런 이유로 이 독일 커플이 집에 온 지 3일이나 지난 주말이 되어서야 함께 수다를 떨 수 있었다. 미미는 가장 궁금했던 세계 일주에 관해 물었다.

독일에는 '갭이어(Gap Year)'라는 것이 있다고 한다. 학교를 졸업하고 취업하기 전에 내가 어떤 직업을 갖고, 어떤 삶을 살아야 할지 고민하는 안식년 같은 것이다. 그 기간에 많은 독일 젊은 이들이 여행을 떠난다고 한다. 이 둘도 취업을 하기 전, 함께 여행 길에 오른 것이었다.

그들의 여행 주제는 'Wondering off(걱정 끄기)'라고 했다. 자 신들의 전공인 개발과 디자인에 관련된 일을 하면서 세계 여행을 할 수 있을지 실험하는 중이었다. 그때까지 우리는 갭이어라는 개 념조차 몰랐다. 고등학생 때는 당연한 일이었기에 열심히 공부했 고, 다들 가니까 대학교에 들어갔다. 대학을 졸업하고 나서는 의 무적으로 취업을 준비했다. 내가 어떤 직업을 가져야 할지 궁리해 볼 여유가 필요하다는 생각은 해본 적이 없었다.

TV를 보면 '내 꿈은 ○○입니다'라고 말하는 사람을 가끔 본 다. 그 사람들의 눈은 한결같이 반짝반짝 빛났다. 그 눈을 보면서 우리와는 먼 이야기라고 생각했다.

'저 사람은 돈이 많으니까, 저 사람은 운이 좋았으니까, 저 사 람은 성공했으니까 TV에 나와서 자신이 꿈꾸는 일을 말하는 거 겠지.'

평범한 우리는 대학갈 걱정, 취업할 걱정하기도 바빴다. 우리 에게 꿈이 있다면 좋은 학교를 나와 좋은 직장에 가는 것이었다. 남들보다 조금이라도 뒤처질까봐 그게 꿈이라 할 수 있는지 고민 할 시간도 없이 지금 여기에 이른 것이다.

독일 친구들의 느릿한 여행을 보면서 우리는 꿈에 관해 다시

시작은 언제나 옳다

생각하게 되었다. 아직 뭔지는 모르겠지만 저들의 여유를 우리도 공유할 수 있지 않을까. 이전부터 막연하게 품고 있던 세계 일주의 꿈이 독일 친구들을 만나면서 다시 머릿속에 떠올랐다. 새로운 시작을 바라던 우리에게, 때마침 세계 일주 여행자가 찾아온 것이 마치 운명 같았다. 어릴 때 봤던 영화 〈엽기적인 그녀〉 마지막 장면에 다음과 같은 대사가 나온다.

우연이란 노력하는 사람에게 운명이 놓아주는 다리다.

각자의 삶이 주는 영감

외국인 여행자에게 집을 내어준 지 어언 4년째다. 그동안 총 42개국에서 500명이 넘게 다녀갔다. 처음엔 단순히 애플리케이션을 벤치마킹하기 위해 시작한 일이 우리 삶을 180도 바꾸어 놓았다.

동경하던 세계 일주가 현실적으로 가능하다는 생각이 들면서 구체적으로 준비를 시작했다. 또한 우리 둘이 함께 쓴 버킷리스트 중 하나였던 '세계 각국의 친구 사귀기'를 실현했다. 이 작은 집에서 자신의 꿈을 찾아가는 사람, 꿈을 포기하지 않는 사람, 새로운 도전을 하는 사람, 인생을 즐기며 사는 사람 등 다양한 이들을 만나며 영감을 얻었다.

노르웨이에서 온 스티안은 한국에서 태어나 노르웨이로 입양 간 친구였다. 다큐멘터리 감독이었는데, 엄마의 나라 한국을 공부하고 다큐멘터리를 찍기 위해 왔다. 우리 집에 머물면서 다큐멘터리를 찍었다. 우리 부부도 그와 인터뷰를 하곤 했다.

호주에서 온 애노쉬는 회계사였다. 자기 일이 싫은 건 아니지만 아이들을 가르치는 일이 더 하고 싶다 했다. 한국으로 여행 온 이유도 자신의 진로를 고민하기 위해서였다. 우리는 밤새 진로에 대해서 이야기했다. 우리에게도 회사를 그만두고 다른 도전을 시작할 것인가, 말 것인가에 대한 고민이 있었다. 애노쉬는 결국 회사를 그만두고 선생님의 길을 가기로 했다. 한국의 초등학교에서 영어를 가르치는 원어민 교사가 되는 것을 목표로 공부했는데, 우리가 세계 일주를 마치고 돌아왔을 때는 대전의 한 초등학교에서 원어민 교사로 일하고 있었다.

싱가포르에서 온 스뚜이는 대학원 교직원이었다. 학사 학위 취득 후에도 계속 공부를 하고 싶다는 열망이 가득했다. 하지만 지금도 회사 일로 무척 바쁜데, 공부할 시간이 날까 하는 고민을 하고 있었다. 우리는 서로에게 상담사 역할을 해주었다. 스뚜이는 우리에게 세계 일주를 떠나라고 조언해주었고, 우리는 스뚜이에게 하고 싶은 공부를 하라고 격려해주었다. 1년 후 싱가포르에서

시작은 언제나 옳다

스뚜이를 다시 만났을 때 그는 대학원생이 되어 있었다.

이렇게 우리는 집 밖으로 나가지 않고도 각기 다른 사연을 가진 외국 친구들을 만날 수 있었다. 우리는 흔쾌히 그들을 우리의 식탁으로 초대했고, 그들은 자신의 이야기를 들려주었다. 그들의 이야기는 우리에게 위로가 되기도 하고 영감을 주기도 했다. 그것이 새로운 결정을 내릴 수 있는 원동력이 되었다. 단지 호기심으로 시작한 일 덕분에 우리는 세계 여러 나라의 좋은 친구들을 얻게 된 것이다.

우리가 떠난
이유

.
.
.

누군가의 고민

YK는 한국계 싱가포르인으로, 우리 집을 찾은 게스트 중 처음으로 한국어가 가능했던 친구다. YK는 오자마자 싱가포르에서 유명한 홍차를 선물이라고 내주었다. 우리는 밤마다 함께 맥주를 마시면서 TV를 보았다. 그는 신혼집에 놀러 온 친동생처럼 편하게 지냈다. 한국에 오면 딱히 갈 곳이 없었는데, 마음 붙일 곳이 생겨서 너무 행복하다고 했다. 돌아갈 때는 싱가포르에서 다시 만나자고 굳게 약속을 했다.

약 8개월 후 세계 일주를 하던 우리는 싱가포르에서 YK를 다시 만났다. 그는 트위터에서 일하고 있었는데, 회사 투어를 해주겠다며 우리를 초대했다. 우리는 YK가 몸담고 있는 트위터로 향했다. 우리도 예전에 회사에 다닐 때는 외국인 친구를 회사 근처로 불러 만나곤 했다. 그런데 처지가 바뀌어 여행을 하면서 친구의 회사를 구경한다 생각하니 기분이 묘했다.

싱가포르 트위터는 아시아의 헤드쿼터 역할을 하고 있다. 인원이 많지 않아 큰 빌딩의 한 층 정도를 사무실로 사용하고 있었다. 야근은 당연히 없고, 휴가를 안 쓴다고 돈으로 주는 것도 아니기 때문에 무조건 1년에 20~25일씩 휴가를 쓴다고 했다. 이렇게 지인에게 회사를 소개해주는 것이 꽤 자주 있는 일인지, 직원 대부분이 우리를 반갑게 맞이해주었다.

회사 구경을 마친 우리는 함께 칠리크랩을 먹으러 갔다. 칠리크랩을 먹으면서 우리도 이런 글로벌 기업에서 일해보고 싶다고 YK에게 말했다. 그러자 YK는 고개를 절레절레 흔들었다. 겉으로 보기에는 자유롭고 모두에게 열려 있는 분위기지만, 회사 사정이 요즘 매우 안 좋아 묻지마식 구조 조정이 일어나고 있다고 했다. 본인의 의사와는 상관없이 제3국으로 발령이 나거나 하루아침에 책상이 사라지기도 하고, 보고 체계가 계속 변화하고 있어서 회사를 떠나야겠다는 생각하는 사람이 점점 늘어나고 있다는 것이다.

그런 사정은 이 회사에 한정된 이야기가 아니었다. 전 세계적인 불황을 겪은 기업은 어느 나라에 근거를 두고 있든 다 비슷한 과정을 겪고 있었다. 고용인으로 일하는 사람들 역시 기업의 구조 조정에 대비할 필요가 있었다. 직장인이라면 세계 어디서나 비슷한 고민을 하게 되는 것 같았다.

원하는 대로 사는 삶

아침 일곱 시, 요란한 알람 소리에 잠이 깨서 습관적으로 화장실에 들어간다. 눈을 채 뜨지도 못한 채 샤워기의 물로 달라붙는 잠을 쫓는다. 아침도 먹지 못하고 문을 나서 지하철에 몸을 싣는다. 대부분 비슷한 시간대에 출근하기 때문에 지하철은 발 디딜 틈이 없을 정도로 사람들로 북적인다. 이리 치이고 저리 치이다가 간신히 회사 근처 역에 도착한다. 회사까지 가는 길목에는 토스트, 김밥, 커피 등 요깃거리가 줄을 잇고 있다. 급히 그중 하나를 사서 회사에 도착. 다행히 늦진 않았다.

우리 부부의 일상적인 아침 시간 모습이다. 다른 사람들의 아침 출근길도 이와 비슷할 것이다. 그렇다면 돈을 버는 모든 사람의 아침이 이러할까? 궁금증을 풀기 위해 우리 집에 묵었던 독일 커플 줄리아와 패트릭의 아침 시간을 유심히 살펴보았다.

여행하면서 일도 한다는 그 커플은 일어나고 싶을 때 일어났다. 알람은 울리지 않았다. 씻고 나와서 느긋하게 토스트를 구웠다. 아침 식사로 토스트와 커피 한 잔을 마셨다. 마주 앉은 두 사람은 오늘은 뭐 먹을까, 어디로 갈까 도란도란 이야기를 나눴다. 그다음에는 정원에 맨발로 나가서 간단하게 스트레칭을 했다. 그리곤 일할 시간이 됐는지 노트북을 켰다.

그들은 일주일에 해야 할 일의 양을 스스로 정하고 그 일을 자신이 원하는 시간에, 원하는 장소에서 했다. 집에서, 카페에서, 공유 사무실에서, 어디든 노트북만 있으면 일을 할 수 있다. 출근 전쟁을 치르고 아침부터 지친 상태로 일을 시작하는 우리의 눈에는 디지털 노마드 족의 일하는 방식이 굉장히 효율적으로 보였다.

물론 프리랜서로 일하는 것 혹은 스타트업을 한다는 것 자체가 쉬운 일은 아니다. 회사 경력이 아예 없는 프리랜서에게 일을 맡기지 않는 것이 한국 사회의 현실이다. 제대로 된 투자 없이 스타트업을 이끌어 나가는 것 역시 힘든 일이다. 그런 면에서 보면 업계에서 경력이 5년이나 되는 우리는 유리했다. 대학교 다닐 때 스타트업을 경험한 것까지 치면 경력이 8년으로 늘어난다. 우리 부부는 일단 투자 없이 우리가 원하는 서비스를 론칭하고 싶었다. 그 서비스가 성공하든, 실패하든 둘이서 함께 가꿔나가는 것이 중요했다.

독일에서 온 커플을 보며 세계를 여행하면서 일을 하는 우리의 모습을 상상했다. 디지털 노마드의 장점은 어디든 원하는 곳에 머물 수 있다는 것이었다. 생활비가 적게 드는 곳에 오래 머물수록 금전적으로 이득이다. 훨씬 저렴한 돈으로 좀 더 편한 생활을 하며 일에 집중할 수 있는 여건이라면 더할 나위 없이 좋다. 여행하면서 우리가 하고 싶은 일을 할 수 있는 길이 있다는 생각이 들자 출퇴근길이 더욱 지옥같이 느껴졌다.

삶의 방식을 선택하다

회사를 그만두고 세계 일주를 떠나겠다고 결심한 것은 막연한 동경이나 도피가 아니었다. 우리는 커리어에 있어 진정한 안정이란 무얼까 고민했고, 앞으로 주변 환경이 변하더라도 흔들리지 않고 하고픈 일을 하며 살 수 있는 환경을 만들고 싶었다. 결혼한 후로 그런 생각은 더욱 커져만 갔다. 공유 숙박에 참여하면서 여러 사람의 다양한 삶을 들여다본 것은 여행을 떠나기로 하는 데 상당한 영향을 끼쳤다.

우리가 자라온 환경에서는 대부분의 사람이 비슷한 삶을 살고 비슷한 가치관을 공유한다. 다양한 사람을 만난다고 자부하는 사람조차도 가만히 따져 보면 혈연, 지연, 학연 등으로 얽혀 있다. 살아가는 모습이 주위 사람과 닮아갈 수밖에 없다.

우리는 그런 상황에서 벗어나고 싶었다. 공유 숙박을 하면서 다양한 나라의 다양한 가치관을 가진 사람들을 만났다. 삶의 변화를 시도하지 않았다면 평생 만날 수 없을 부류의 사람도 있었다. 그 사람들에게서 우리는 크고 작은 영감을 얻었다. 안방에 앉아 세계 일주를 한 셈이다. 그러다 보니 조금 더 그들에게 가까이 다가가고 싶어졌다. 전 세계를 돌아다니면 더 많은 사람과 이야기를 나눌 수 있을 것 같았다. 세계관의 범위를 조금 더 넓히는 것이 우리가 여행하게 된 첫 번째 이유였다.

두 번째 이유는 여행하다가 끌리는 곳이 있으면 머물러 일을 해보고 싶었기 때문이다. 낯선 환경에서 새로운 사람들과 소통하다 보면, 획기적인 아이디어가 떠올라 세계적으로 통용되는 글로벌 서비스를 만들 수 있을 것 같았다. 해외를 돌아다니며 만나는 사람마다 우리 서비스를 소개하고, 그 자리에서 바로 피드백을 들으며 고쳐나가면서 유익한 서비스를 구현할 수 있을 듯했다.

마지막으로 삶의 방식을 스스로 선택하고 싶었다. 아침 아홉 시까지 출근, 열두 시부터 한 시까지 점심, 정해진 시간에 회의, 의미 없는 회의가 끝나면 퇴근 시간, 어김없이 이어지는 야근. 우리의 소중한 시간이 무의미하게 소모되고 있다는 생각이 들었다. 이렇게 사는 게 옳은 걸까? 일하고 싶을 때 일하고, 일한 만큼 돈을 벌고, 하고 싶은 일을 하는 삶을 살 수 있는 길이 있지는 않을까? 고민 끝에 찾아낸 삶의 방식이 디지털 노마드였다.

이곳저곳 가고 싶은 곳을 여행하고, 노트북만 있으면 어디서든 일을 할 수 있다면 참으로 자유로운 삶이 아닌가! 우리는 단지 여행을 위해 떠나기로 한 것이 아니었다. 우리의 가치관, 삶의 방식을 바꾸기 위혜 떠나기로 한 것이었다.

시작은 언제나 옳다

아침 일곱 시 출근길,
'나'에서 '회사원 1'로 변신하는 순간

내 삶은 나만의 것이
아니다

.
.
.

함께 넘어야 하는 벽

"이것으로 발표를 마칩니다. 지금부터 질문을 받도록 하겠습니다."

우리 생에 가장 간절하고 떨렸던 발표가 끝났다. 어떤 질문이 나올지 감조차 오지 않았다. 청중의 눈빛을 살피며 침을 꼴깍 삼켰다.

"그래서 너희들 지금 회사까지 그만두고 1년 동안 여행을 가겠다는 거야? 둘 다?"

얼굴이 사색이 된 제제의 어머니였다. 우리가 한 시간 동안이나 공들여 발표한 상대는 바로 양가 부모님이었다. 우리는 마치 회사에서 기획안을 만들듯 PPT 자료까지 준비해서 퇴사와 세계 일주 계획을 발표했다.

퇴사와 세계 일주를 결심한 후 가장 걱정이 되었던 것이 부모님을 설득하는 것이었다. 우리가 대기업에 다닌다는 사실이 양가 부모님에게는 최고의 자랑거리였다. 여유롭지 않은 가정에서 자란 명문대 출신도 아닌 우리가, 이름만 대면 알 만한 회사에 다닌다는 것이 당신들에게는 꽤 자랑스러운 일이었다. 그런 회사를 어른들이 보시기에 별 시답지 않은 이유로 그만둔다는데, 과연 어떤 부모가 기쁘게 생각하겠는가.

이전에 제제가 어머니와 통화할 때, 농담 반 진담 반으로 앓는 소리를 했던 적이 있었다.

"엄마, 나 회사 그만두고 다른 거나 한번 해볼까?"

"무슨 말도 안 되는 소리야. 절대 회사 그만두면 안 된다. 딴생각하지 마! 절대 안 돼!"

그때는 농담 삼아 한 말이었는데도 엄마는 화들짝 놀라며 절대 안 된다는 말씀을 수없이 반복하셨다.

"너 어릴 때처럼 맘대로 살면 안 돼. 진짜야."

"농담이야, 농담. 절대 안 그만둘게. 걱정하지 마."

전화를 끊고 생각해보니 씁쓸하기도 하고, 안쓰럽기도 했다.

'회사 그만두기 쉽지 않겠구나.'

양가 부모님의 반대는 불을 보듯 뻔한 일이었다. 사실 우리에게 이래라저래라 하는 사람의 99.9%는 신경 쓰지 않아도 된다. 하지만 가족은 우리 인생에 깊게 얽혀 있는 0.1%의 사람이었다. 소중한 가족이 항상 응원해준다면 좋겠지만, 새로운 시도는 늘 응원보다 반대를 부르기 마련이었다.

우리가 설득하고 협상하려 노력해도 그 과정이 그리 순탄할 리 없었다. 아마 서로를 이해하지 못해 언성을 높이고 싸우게 될 것이다. 그렇게 감정의 골이 깊어지다 보면 나중에는 가족을 설득하거나 이해시키는 것을 포기하게 될지도 몰랐다. 이제껏 여러 차례 겪은 일이었기에 충분히 예상할 수 있는 일이었다.

그래도 이번 일은 그리 쉽게 예단하고 포기할 일이 아니었다. 우리 부부에게는 너무나 큰 결정이기 때문이었다. 그런 중요한 선택을 부모님의 반대를 무릅쓰고 할 수도, 그렇다고 몰래 할 수도 없는 노릇이었다. 인생에서 가장 많은 시간을 함께 보냈고 우리를 그 누구보다 잘 아는 부모님조차 설득하지 못한다면, 앞으로 그 어떤 누구도 설득할 수 없을 것이라는 생각이 들기도 했다.

설득을 포기하지 마라

문제는 설득 방식이었다. 우리 둘은 머리를 맞대고 회의했다. 사

시작은 언제나 옳다

내 커플의 장점을 살려 회사 회의실에서 얘기하고 있는데, 마침 지나가던 동기가 농담을 던졌다.

"너희는 무슨 부부 생활을 회사 생활처럼 하냐."

그 말을 듣고 아이디어가 번쩍 떠올랐다.

"그래, 회사에서 클라이언트를 설득하는 것처럼 부모님에게도 정식으로 프레젠테이션을 해보자!"

그날부터 우리는 퇴근하고 집에 오면 부모님에게 발표할 자료를 만들기 시작했다. 인생이 걸린 문제였기에 통계 자료도 찾아보고, 실제 주변 사례도 점검하면서 꼼꼼하게 준비했다. 그리고 미리 전화를 해서 지방에 계시는 양가 부모님을 우리 집으로 초대했다.

운명의 날이 다가왔다. 우리는 TV에 PPT 자료를 띄우고 떨리는 마음으로 발표를 시작했다. 먼저 현재 세계 경제의 흐름을 브리핑하고, 이어서 우리나라의 경제 상황, 특히 우리가 일하고 있는 IT업계의 현 상황과 미래에 대해서 꼼꼼하게 설명했다. 우리가 일하는 업계의 평균 정년이 얼마나 되는지, 그럴 경우 우리가 앞으로 몇 년이나 더 일할 수 있을지, 퇴사 후에 우리가 선택할 수 있는 일은 무엇인지 등을 이야기했다. 그리고 본론으로 들어가 현재 상황이 이러하기 때문에 우리는 인생을 보다 멀리 보고 지금 퇴사를 하겠다는 얘기를 꺼냈다. 덧붙여 이것은 직장이 아닌 직업을 찾기 위한 긴 여정의 시작임을 강조했다.

불안할 부모님을 위해 그동안 남들과 다른 길을 가서 오히려 잘됐던 사례를 나열하고, 만약 실패했을 때는 어떻게 대처할 것인지에 대한 플랜 B, 플랜 C까지 상세하게 제시했다. 또한 세계 일주를 하는 1년간 부모님과의 연락 방법과 아이 계획까지 무척 자세하게 브리핑했다. 혹시나 대답하기 곤란한 질문이나 밑도 끝도 없는 비판을 할까 봐, 발표 전에 소고기에 소주를 대접해 미리 부모님의 판단력을 흐리게(?) 하는 치밀함까지 보였다. 지금 생각해봐도 프레젠테이션의 정석이라 할 만했다. 그렇게 우리 인생에서 가장 긴장됐던 프레젠테이션을 마쳤다. 어머니들의 걱정이 앞서기는 했지만, 다행히도 결국에는 양가 부모님 모두 우리 여행을 적극 지지해주기로 했다.

그때만 해도 우리가 완벽하게 준비한 프레젠테이션에 어른들이 설득당한 줄 알았다. 하지만 나중에 제제가 어머니께 여쭤보니 그게 아니었다. 어차피 반대해도 떠날 것 같으니, 기왕 갈 거면 기분 좋게 가라는 생각에 찬성했다고 한다. 어른들의 깊은 속뜻을 듣고 나니 뭉클하면서 죄송한 마음이 들었다. 이유야 어찌 됐든 우리는 부모님의 인정을 받았다. 그다음부터 우리에게 돌아온 건 걱정이 아닌 응원과 격려였다.

주변의 많은 사람이 새로운 시작을 준비하면서 우리에게 물었

시작은 언제나 옳다

다. 반대하는 가족을 어떻게 설득했냐고. 벽에 부딪힌 사람은 그 냥 마음대로 하면 안 되냐고 하소연을 늘어놓기도 한다.

물론 인생을 살면서 마주하는 선택과 책임은 온전히 개인의 몫이다. 그렇다고 내 삶이 온전히 나만의 것이냐고 묻는다면, 우리의 답은 "글쎄"다. 삶이란 나를 중심으로 수많은 사람과 관계를 맺으면서 단단해진다. 그렇기에 내 삶은 곧 나를 둘러싼 우리의 삶이기도 하다. 새로운 시작을 할 때 사랑하는 사람들의 원성보다는 응원과 격려를 받는 게 앞으로 삶을 개척하는 데 큰 힘이 될 것이다. 절대 설득을 포기하지 말길 바란다.

오롯이 혼자서는 인생을 이끌어나갈 수 없다
나와 당신, 타인이 얽혀 온전한 나의 삶이 된다

두 발은 늘 땅을
딛고 서기

.
.
.

치밀하게 계산해야 하는 일

아직도 생생히 기억난다. 2015년 4월 3일. 제제의 퇴사 다음 날
이었다. 미미는 업무 인수인계가 남은 탓에 5월에 퇴사하기로 했
다. 미미가 출근한 후 집에서 혼자 점심을 먹으려니 식욕이 생기
지 않았다. 결국 회사 근처에 가서 미미와 함께 점심을 먹기로 했
다. 우리는 평소에 자주 가던 참치 집으로 갔다. 점심 특선 메뉴가
저렴하고 맛있는 집이었다.

늘 먹던 대로 회 정식과 알탕 정식을 주문했다. 음식이 나오길
기다리며 늦잠 자니 꿀맛이라는 둥, 혼자 출근해서 배가 아프다는
둥 시답잖은 농담을 주고받았다. 밥을 다 먹고 나오면서 익숙하게

시작은 언제나 옳다

카드를 꺼내 긁었다.

그 순간, 갑자기 덜컥 겁이 났다. 이제는 카드값을 결제할 돈이 매달 들어오지 않을 거라는 생각이 엄습했다. 카드값도 못 내게 되면 어떡하지? 신용불량자가 되는 건가? 앞으로 돈을 벌 수는 있을까? 괜히 퇴사했나?

어제까지만 해도 새로운 삶을 떠올리며 희망에 차 있었는데, 막상 퇴사하고 나니 눈앞의 현실이 실감 나며 겁이 나기 시작했다. 우리나라에서는 '금수저'가 아닌 이상 일을 하지 않으면 생계를 유지하기 어렵다. 우리의 경우 자발적 퇴사이기 때문에 실업급여도 받을 수 없었다. 퇴사와 함께 다가온 현실의 벽은 너무나 높게 느껴졌다.

내가 이 벽을 넘을 수 있을까? 낭만적인 삶을 꿈꾸며 회사 문을 박차고 나왔지만 꿈은 이루기 전까지는 아무런 힘이 없었다. 눈에 보이지만 잡을 수 없는 신기루였다. 현실에 치이다 보면 그 형태마저도 희미해져서 환상처럼 사라질 것이었다. 그렇기에 우리는 당면한 현실의 문제부터 풀어나가야 했다.

∴ 밥 없어서 대신 갈릭토르티야 먹는 소리 하네. ——

∴ 열 받네. 다 돈 있는 것들 얘기지. 서울에서 에어비앤비를 하고, 1년 동안 해외여행을 한다고? 어느 나라 얘긴지 원. 짜증만 나네.

┊⋯ 돈 많으면 뭔들 못하겠나?

┊⋯ 금수저네.

우리 기사가 네이버 메인에 실렸다고 친구들에게서 연락이 왔다. 신기해하면서 기사를 펼쳤는데, 이게 무슨 일인가. 댓글난에 '악플'이 가득했다. 응원한다는 좋은 댓글도 있었지만, 우리를 금수저 취급하며 돈 자랑하러 여행 다닌다고 매도하는 사람이 훨씬 많았다.

댓글대로 정말 돈이 많아서 걱정 없이 하고 싶은 것 다 하면서 살면 얼마나 좋을까. 하지만 현실은 그렇지 않았다. 대학에 다닐 때는 학자금 대출과 장학금으로 학비를 충당하고, 아르바이트해서 용돈을 벌어야 했다. 결혼할 때도 양가에서 1원 한 푼 안 받고 우리 힘으로 모든 걸 준비했다. 요즈음에는 결혼할 때 부모님 도움을 받지 않는 사람이 많기 때문에 딱히 내세울 만한 일도 아니지만, 금수저란 오해를 받으니 괜히 억울한 생각이 들었다.

우리가 지금 이렇게 하고 싶은 일을 하면서 살 수 있는 건 그만큼 준비를 철저히 했기 때문이다. 스타트업과 세계 일주를 하기 위해 회사를 그만둘 때도 어느 날 갑자기 사표를 낸 것이 아니다. 당장 퇴사할 경우, 3개월 후에 퇴사할 경우, 1년 후에 퇴사할 경우, 2년 후에 퇴사할 경우, 각각의 장단점을 모두 분석하고 계산기를 몇 번이나 두드려본 후 최적기에 맞춘 것이다. 1년 동안 세계 일주를 하면서 틈틈이 애플리케이션을 만든다고 가정했을 때 얼마가 필요할지 시뮬레이션을 돌려보기도 했다. 항공권, 숙박비, 식비, 문화체험비, 현지 교통비 등 2인 기준 1년간 여행을 하려면 약 6,000만 원 정도가 필요하다는 결과가 나왔다. 결코 적은 돈이 아니었다. 결혼식을 올리고 신혼집을 구하기 위해 은행에서 이미 상당한 대출을 받은 상태여서 매달 나가는 이자만도 만만치 않았다. 지금도 빠듯한 상황인데, 당장 회사를 관두고 세계 일주를 가는 것은 용기가 아니라 만용이었다.

우리 앞에는 두 가지 선택지가 있었다.

1. 집을 처분하고, 빚을 없앤 후 여행을 다녀온다.
2. 집을 처분하지 않고, 필요한 자금을 최대한 빨리 모은 후에 여행을
   다녀온다.

결과적으로 우리는 2번을 선택했다. 1번도 진지하게 고민해 봤지만, 여행을 끝내고 한국에 돌아왔을 때 보금자리가 있는 것이 좋았다. 그래야 새롭게 무슨 일을 하더라도 든든할 것 같았다.

우리는 계속해서 계산기를 두드렸다. 달마다 지출을 분석해 줄일 수 있는 부분이 있는지, 앞으로 더 나갈 지출은 뭐가 있는지

꼼꼼히 계산했다. 퇴사 후 수입 없이 일정 기간 생활하는 경우까지 가정해 최대 얼마의 돈이 필요할지를 엑셀로 계산했다. 사실 실제 여행 경비와 비교해보면 우리의 계산이 그리 정확하진 않았다. 남미 물가가 예상보다 두 배 이상 높았고, 성공할 것이라 믿었던 스타트업이 실패하기도 했다. 하지만 만약에 대비한 플랜 B, 플랜 C 덕분에 최악의 상황은 피할 수 있었다. 그런 치밀함 덕분에 우리가 가고 싶은 길을 포기하지 않고 갈 수 있었다.

인생은 예측할 수 없는 일의 연속이다. 모든 일이 계획대로 진행되지도 않고, 최선을 다한다고 모든 계획을 실천할 수 있는 것도 아니다. 그럼에도 현실적인 부분, 그중에서도 금전적인 부분만은 할 수 있는 한 계획적으로 접근해야 한다. 최대한 보수적이고 밀도 있게 계획해두어야 현실을 감당할 수 있다. 먼 옛날에는 여행 갈 때 나침반이 꼭 필요했다면, 오늘날은 계산기가 필수품이다.

해답은 엉뚱한 곳에 있다

"우리 이제 얼마 남았지?"

"500만 원 정도?"

"아직 여행 일정이 끝나려면 석 달 넘게 남았어. 이 돈으로는 원래 계획했던 유럽 일주는 꿈도 못 꿔. 어떡하지?"

"이 상황에서 유럽으로 넘어가는 게 의미가 있을까? 가봤자 돌아다니지도 못하고, 손가락만 빨면서 석 달을 버텨야 할 텐데."

"그럼 여기서 여행 접고 한국에 가야 하나? 아니면 물가가 저렴한 동남아로 다시 갈까?"

여행이 9개월 차에 접어들 때였다. 원래 계획대로라면 3개월 정도 자동차를 빌려서 유럽 전역을 돌아다니는 오토 캠핑 여행을 할 시점이었다. 하지만 남은 돈으로는 겨우 유럽 가는 비행기 티켓값과 숙박비, 최소한의 식비 정도를 충당할 수 있었다. 아무것도 하지 못한다면 유럽에 가봤자 의미가 없다고 생각했다. 우리는 원래 계획보다 여행을 빨리 끝낼지, 아니면 좀 더 저렴한 동남아에서 3개월 정도 쉬면서 재충전한 뒤 돌아갈지, 그것도 아니면 어떻게 되든 유럽행을 강행할지 고민했다.

솔직한 마음으로는 유럽으로 가고 싶었다. 유럽의 어떤 나라에 가고 싶다든가, 무엇을 보고 싶다는 구체적인 계획이 있는 것은 아니었다. 세계 일주가 애초 목표였으니 지구 한 바퀴를 돌고 싶다는 소박한 바람이었다.

"여기까지 왔는데 뭐든 해보는 쪽으로 하자. 어떻게든 솟아날 구멍이 있겠지."

우리는 유럽 여행을 강행하기로 결심했다. 여행 경비를 구할 방법을 찾는 게 문제였다. 정보를 얻기 위해 인터넷 사이트 곳곳을 돌아다니다가 해외여행 지원 서비스 기업인 '어시스트카드'에서 세계 여행 리포터를 모집한다는 공고를 보았다. 리포터로 선정되면 페이스북 페이지를 통해 우리가 여행하고 있는 곳에 관한 정보를 알려주는 일을 하게 되며, 150만 원의 활동비가 지급된다고 했다.

그때부터 우리는 리포터에 지원하기 위해 혼신의 힘을 다해 PPT 작업을 했다. 3개월간 캠핑을 하며 유럽 여행을 다니는 사람은 별로 없기에 우리의 여행 이야기는 무척 특별하다는 점, 텐트와 차 등에 어시스트카드를 홍보할 수 있다는 게 PPT의 큰 틀이었다. 게다가 우리에게는 큰 이점이 하나 있었다. 실제로 어시스트카드에 가입해 여행 중 이 서비스를 이용한 적이 있었던 것이다. 미미가 말레이시아에서 베드버그에 물렸을 때 어시스트카드를 통해 돈 한 푼 들이지 않고 안전하게 병원에 다녀왔고, 그 이야기를 블로그에 게재했다. 그리고 많은 사람이 어시스트카드에 가입하기 전 이 글을 읽었다. 결과는 당당히 합격!

"이것 말고도 공모전이 많지 않을까?"

새로운 세계에 눈을 뜬 우리는 매일같이 공모전을 하는 기업을 찾아다녔다. 많게는 몇백만 원부터 적게는 몇십만 원까지 상금을 주는 공모전이 곳곳에서 열리고 있었다. 우리가 그동안 회사 생활하면서 갈고 닦은 PPT 작업 솜씨를 마음껏 뽐낼 기회였다.

하루에 하나씩, 일주일 동안 총 일곱 개의 공모전에 참여했다. 먹고 자는 시간을 제외하곤 온통 공모전 생각뿐이었다. 애플리케이션 아이디어부터 사진, 도시 개발 아이디어 공모전 등 분야도 다양했다. 얼마 후 공모전의 결과가 하나씩 나오기 시작했다. 우리는 총 일곱 개 중 네 개의 공모전에서 상금을 획득했다. 그 덕분에 딱 우리에게 필요한 만큼 돈을 모을 수 있었다. 정말 기적 같은 일이었다.

그때 난관을 극복하지 못하고 여행을 포기했다면 그 후 3개월 간 유럽을 다니면서 느꼈던 감정을 평생 알지 못했을 것이다. 그리고 지구 한 바퀴를 돌았다는 성취감도 못 느꼈을 것이다.

믿는 구석이 있기에 도전할 수 있다

"저는 요즘 매일 새벽에 종로 길거리에서 주먹밥 파는 아르바이트를 하고 있습니다."

언젠가 참석한 한 강연에서 강사가 한 말이다. 수많은 도전 속에서 성공과 실패를 두루 겪으며 자신만의 입지를 다졌고, 이를 통해 남부럽지 않을 만큼의 수익을 올리고 있는 사람이었다. 신생 스타트업에 엔젤 투자를 고려할 정도로 재력을 갖고 있었다. 그런데 왜 굳이 새벽에 일어나서 적은 시급을 받으며 주먹밥을 팔까? 처음엔 이해가 되지 않았다.

"저는 이 주먹밥 아르바이트로 한 달에 50만 원 정도를 벌어요. 이 돈이면 힘들긴 해도 아끼고 아끼면 먹고살 수 있습니다. 그러면 저는 심리적으로 먹고사는 문제에서 자유로워져서 마음껏 새로운 도전을 할 수 있습니다. 설령 새로운 일에 도전했다가 실패한다고 해도 굶어 죽지는 않을 테니까요. 가장 원초적인 두려움을 제거하는 거죠."

강사의 설명을 듣고 나니 머리를 세게 얻어맞은 느낌이었다. 조금 전까지만 해도 '회사를 그만두고 새로운 도전을 하고 싶긴 한데, 그러다 망하면 어떡하지? 먹고살 수는 있을까?' 하는 고민을 하고 있었다. 그런데 강사의 말을 듣고 나니 걱정이 사라졌다. 고민을 해결해줄 심리적 보험을 만들면 된다는 걸 깨달았기 때문이다. 강사에게는 주먹밥을 파는 일이 단순히 아르바이트가 아니라 새로운 삶을 위한 최소한의 심리적 보험이었다.

그렇다고 지금 당장 편의점이나 카페에 나가서 아르바이트하라는 말이 아니다. 다만 자신만의 방법으로 최소한의 보험을 들어놓을 필요는 있다. 그것이 설령 남들이 생각했을 때 가치 없는 일이라도 괜찮다. 다른 가치 있는 일을 할 힘을 북돋아 주는 것만으로도 그 일은 충분히 가치가 있다.

그날 이후 우리는 항상 어떤 방식으로든 보험을 만들어놓는다. 여행을 떠날 땐 집이 최소한의 보험이었다. 많은 사람이 세계 일주를 떠날 때 살고 있던 집의 보증금을 여행 경비로 충당한다고 한다. 우리는 다른 길을 택했다. 조금 늦어지기는 했지만 여행에 필요한 돈을 모두 모은 후에 퇴사했고, 여행 중엔 우리 집을 단기 임대해 그 월세 수익을 여행비에 보탤 수 있었다. 여행이 끝나고 돌아왔을 때는 우리의 보금자리가 그대로 있었기 때문에 더욱 빠르게 현실에 적응할 수 있었다.

지금도 공유 숙박업과 프리랜서 활동이라는 보험을 들어놨기에 우리가 하고 싶은 스타트업, 사진작가 활동, 강연 등을 더욱 자유롭게 할 수 있다. 보험을 통해 매달 일정 수준의 수익을 올리고, 그것을 바탕으로 오늘도 걱정 없이 새로운 도전을 하고 있다.

누군가 이렇게 충고한 적도 있다. 가진 역량을 모두 쏟아부어도 목표를 이룰까 말까 한데, 이렇게 여러 가지 일에 힘을 빼서야 어떻게 네가 하고 싶은 일을 제대로 하겠냐고. 옳은 말일지도 모른다. 하지만 우리는 지금 게임을 하는 게 아니다. 삶을 살고 있다. 인생에서는 배팅하기 전에 최소한의 칩은 남겨두어야 한다. 인생은 한 방이 아니라 한 번이기 때문이다.

3

:

낯섦과 익숙함,
그 중간쯤에서

가방이 무거우면
떠나지 못한다

여행자의 가방

"세계 일주를 하려면 짐은 어떻게 싸요? 1년이나 여행하려면 짐이 많을 텐데…. 안 무거워요?"

"처음엔 이것저것 챙기느라 짐이 많았어요. 그런데 여행하다 보니 점점 줄더라고요. 나중에는 아무것도 없어도 버틸 만하더라고요."

"필요한 건 그때그때 사서 써요. 남이 버린 것을 줍기도 하고, 안 쓰는 것은 남에게 주기도 해요. 그러다 보면 당장 꼭 필요한 건 남게 됩니다. 여행 중에 가방을 분실한 사람이 있었는데, 그래도 잘 다니더라고요."

여행 일정 초반에는 우리도 짐이 꽤 많았다. 온갖 약과 화장품 그리고 카메라와 노트북, 외장 하드 등을 싸 들고 다녔다. 심지어 스마트폰과 연결하는 미니 빔프로젝터와 블루투스 스피커까지 챙겼다. 하지만 여행을 다니다 보니 대부분 쓸 일이 없었다. 옷은 석 달도 못 입고 다 버렸다. 영화를 보겠다고 챙긴 미니 빔프로젝터는 단 한 번도 사용하지 않았다. 결국 짐만 되는 물건은 현지에서 만난 친구들에게 나눠주었다. 조금 더 지나자 옷, 화장품, 약 등 필요한 물건을 현지에서 얻거나 사서 쓰기 시작했다. 어딜 가든 우리가 필요한 것을 구할 수 있었다. 그렇게 가방이 가벼워지니 발걸음도 덩달아 가벼워졌다.

자유롭게 여행하기 위해서는 짐을 줄여야 한다. 말은 쉽지만 결코 쉬운 일이 아니다. 단지 물질적인 짐만 있는 게 아니다. 불안과 조바심 등 정신적인 짐도 내려놓아야 비로소 여행의 참맛을 느낄 수 있다. 짐을 내려놓는 데는 오랜 시간이 걸린다. 우리 역시 아직도 짐을 버리는 중이다.

짐을 내려놓는 작업은 여행을 떠나기 전부터 시작된다. 세계 일주를 결심하고 제일 먼저 차를 팔았다. 옷, 책, 가전제품 중에서 잘 안 쓰는 물건들을 주변 사람들에게 나눠주거나 버렸다. 처음에는 모든 게 다 아까웠다.

"이 옷은 요즘 잘 안 입긴 하지만 아끼는 건데, 그냥 갖고 있

시작은 언제나 옳다

을까?"

모든 물건을 다 꺼내놓고 버릴 것과 나눠줄 것, 가지고 있을 것으로 구분했다. 막상 버리려니 아까운 게 너무 많았다.

"이러면 끝이 없겠다. 네 것은 내가 정리하고, 내 것은 네가 정리하자."

남의 것은 버리기 쉬운 법이다. 우리는 그렇게 해서 겨우 정리를 마칠 수 있었다. 불필요한 걸 버리고 나니 집 안이 한결 넓어 보였다. 왜 그동안 그리 많은 짐을 지고 살았던 걸까? 여행을 다녀온 후로는 최소한의 물건으로 생활하고 있다.

가방은 가볍게, 신발 끈은 단단히. 인생을, 세계를 여행하면서 조금 더 멀리, 더 충실히 하고 싶다면 심신의 가방을 비워야 한다. 가방이 무거우면 어디로든 떠나기 어렵다.

천천히 익숙해지기

배낭의 짐을 버리고 마음의 짐을 내려놓으니 여행이 한결 홀가분해졌다.

"나 머리가 너무 아파. 도저히 못 움직이겠어."

"나도 죽을 것 같아."

우리와 동행했던 가이드가 괜찮으냐고 물었다.

"미안해요. 저희는 더는 못갈 것 같아요. 여기서 기다릴게요. 다른 분들 데리고 다녀오세요."

페루 와라즈 69호수에 가기 위해 가이드와 함께 트레킹하던 때였다. 69호수는 해발 4,600m의 산꼭대기에 있는 에메랄드빛의 신비로운 호수다. 와라즈라는 작은 고산마을에 온 이유는 오로지 이 호수와 만나기 위해서였다.

그런데 그토록 갈망하던 호수를 코앞에 두고, 고산병으로 트레킹을 포기하게 된 것이다. 우리는 산기슭에 드러누워 일행이 돌아오기를 기다렸다. 허탈해서 웃음이 나왔다. 고산병이라니!

해발 2,000~3,000m 이상 올라가면 공기 중에 산소가 희박해진다. 그런 상태는 인체에 악영향을 끼쳐 두통, 복통, 구토 등의 증상이 나타난다. 심하면 기절하거나 사망에 이르기까지 한다. 이를 고산병이라 한다. 이 병이 이상한 건 복불복이란 점이다. 똑같은 상태에 있어도 어떤 사람은 아무렇지도 않고, 어떤 사람은 고통에 몸부림친다. 그러다 보니 무서운 질병인데도 증상이 나타나지 않는 사람은 대수롭지 않게 여길 수 있다. 나는 죽겠는데, 옆에서는 오버하지 말라는 식으로 얘기한다면 감정이 상할 수밖에 없다. 다행이라고 하긴 그렇지만 우리 부부는 함께 고산병을 앓았기에 서로 아픔을 이해할 수 있었다.

결국 우리는 목표로 했던 69호수를 보지 못하고 숙소로 돌아왔다. 그리고 꼬박 이틀을 누워만 있었다. 식욕이 없어서 제대로 음식을 먹지 못했다. 식욕 저하 역시 고산병의 주요 증상 중 하나라 한다.

3일째가 되니 몸이 어느 정도 높은 지대에 적응한 모양이었다. 두통이 사라지고 식욕이 돌아왔다. 숙소에서 나와 시내를 돌아다니는데, 공원 한구석에서 꼬마들이 축구를 하고 있었다. 감탄이 절로 나왔다. 우리는 걷기만 해도 이렇게 숨이 차는데….

고산병을 예방하는 방법은 의외로 간단하다. 천천히 익숙해지는 것이다. 조금씩 높은 곳으로 이동하면서 몸이 부족한 산소량에 적응하도록 하는 것이다. 갑자기 높은 곳으로 이동하면 증상이 나타나기 쉽다.

그런데 우리는 리마에서 버스를 타고 해발 3,000m가 넘는 지역에 있는 와라즈로 곧장 왔다. 이곳에 도착해서도 적응할 시간을 갖지 않고, 바로 다음 날 새벽부터 산행에 나섰다. 좀 더 빨리 69호수를 보고 싶다는 욕심 때문이었다. 둘 다 무척 건강하고 등산도 잘하니까 고산병 따위는 두렵지 않다는 자만심이 일을 망친 것이다.

살면서 우리는 가끔 욕심을 부린다. 하나하나씩 천천히 풀어나가면 되는 것을 욕심에 눈이 멀어 서두르다가 탈이 난다. '5분 먼저 가려다가 50년 먼저 간다'는 말처럼. 물론 운이 좋아 아무 문제 없이 우리가 원하던 대로 호수를 보고 올 수도 있었다. 하지만 운만 믿고 살아가기엔 이 세상이 그리 만만치 않다. 익숙해지지 않았는데 속도를 내면 어떤 식으로든 문제가 생긴다. 그보다는 한 걸음 한 걸음씩 전진하는 게 더 빨리 가는 길이다. 짐 꾸러미에서 욕심을 꺼내 버리자. 한 번에 하나씩, 그게 최선이다.

물컵 내려놓기

한 심리학자가 강연 중에 물이 들어있는 컵을 학생들에게 보여주었다. 학생들은 보나 마나 '컵에 물이 반이나 차 있네, 반밖에 안 차 있네'와 같은 빤한 이야기가 나올 거라고 지레짐작했다. 하지만 심리학자는 학생들의 예상을 깨뜨렸다. "이 컵의 무게가 얼마나 될까요?"학생들은 저마다 대답을 꺼내놓았다. 학생들의 반응을 확인한 심리학자는 이렇게 말했다.

"이 물컵의 무게는 중요하지 않습니다. 중요한 건 이걸 '얼마나 오래 들고 있느냐'입니다."

물컵을 1분 동안 들고 있는 건 어렵지 않다. 하지만 한 시간 동안 들고 있으면 팔이 저리고 아플 것이다. 온종일 들고 있다면

시작은 언제나 옳다

아마 며칠 동안 팔을 들기도 힘들 만큼 무리가 갈 것이다.

인생을 살면서 우리가 겪는 스트레스는 물컵에 담긴 물과 같다. 그 양이 많은지 적은지는 중요하지 않다. 얼마나 오랫동안 그 스트레스를 안고 있었느냐가 해소의 성패를 가늠한다. 오래 묵은 스트레스일수록 우리를 심하게 짓누르고, 해소하기가 어렵다는 뜻이다. 그러니 당장 물컵을 내려놓듯 스트레스를 털어버려야 한다. 이게 바로 '물컵 내려놓기'라는 유명한 스트레스 해소법이다.

우리도 새로운 삶을 시작할 때 상당히 많은 스트레스를 받았다. 우리가 금수저도 아니고, 미래에 대한 확신이 있는 것도 아니니 당연한 일이었다. 그런데도 우리가 지금까지 잘 버틸 수 있었던 것은, 바로 물컵을 내려놓듯 마음의 짐을 최대한 빨리 내려놓았기 때문이다.

천천히 익숙해지기

고산병을 극복하는 유일한 방법이다

무엇이든 너무 서두르면 탈이 나기 마련이다

인생에 하이라이트만
있을 수 없다

.
.
.

비교와 경쟁

여행 중에 딱히 할 일이 없어 숙소에서 페이스북을 했다. 여행 커뮤니티에 올라온 타인의 사진과 글을 읽었다. 간혹 정말 멋진 사진과 글이 올라오면 '정말 부럽다. 우리에게는 왜 저런 감성이 없을까?'라며 자조 섞인 한숨을 내쉬었고, 덜 멋져 보이는 사진과 글을 보면 '왜 저래? 저게 좋은가? 별론데…'라며 타인의 여행을 깎아내렸다.

　"이건 솔직히 진짜 별로지 않아? 완전 내 스타일 아닌 듯."

　한참을 그러고 있다가 이내 자괴감에 빠졌다. 모든 것을 훌훌 털어버리고자 떠나온 여행에서도 남들과 경쟁하고 있는 자신을

　　　　　　　　　시작은 언제나 옳다

발견했기 때문이다. 비교 대상은 여행뿐이 아니었다. 우리는 여행하면서 스타트업 서비스를 만들고 있었는데, 우리 것을 다른 서비스와 비교하기 시작했다. 물론 비교가 무조건 나쁘지는 않다. 비교를 통해 자신을 보완하고 발전해나간다면 생산적인 행위다. 하지만 우리가 했던 비교는 그저 열등감의 표현, 그 이상도 이하도 아니었다.

우린 정말 이것밖에 안 되는 사람인가? 회사에서 경쟁하던 버릇을 버리지 못하고, 여행 와서까지 이렇게 경쟁해야 할까? 아마 우리뿐만이 아닐 것이다. 주위를 둘러보면 많은 사람이 다른 사람과 비교하며 경쟁하는 것에 매우 익숙해져 있다. 누구 집 아들은 이번에 어디 대학에 붙었다는데, 내 친구 아무개네 신혼집이 몇 평이라는데, 누구는 승진하고, 누구는 무슨 차를 타고, 누구는 연봉이 얼마고…. 우리는 계속해서 자신을 누군가와 비교한다.

토끼와 거북이 경주의 진실

"여러분, 토끼와 거북이 이야기 아시죠?"

대학교에 강연하러 갔을 때였다. 여행 가서도 남과 비교하느라 여념이 없었던 모습을 떠올리며, 경쟁 사회를 살아가는 우리의 자세에 관해서 이야기하다가 '토끼와 거북이' 이야기를 꺼냈다. 강연에 참석한 학생 대부분은 토끼와 거북이 이야기를 알고 있었다.

토끼와 거북이가 달리기 시합을 하는데 토끼가 자만심에 빠져 낮잠을 잤고, 그사이 꾸준히 쉬지 않고 달린 거북이가 먼저 목적지에 도착해 이긴다는 이야기다. 게으른 토끼처럼 살지 말고 꾸준히 노력하는 거북이처럼 살라는 교훈이 담긴 동화다. 학생들에게 다시 질문했다.

"혹시 토끼와 거북이가 왜 시합을 했는지 아는 사람 있나요?"

선뜻 대답하는 학생이 없었다.

"어떻게 경주 코스를 짜고 누가 심판을 봤는지는요?"

"…."

"시합에서 이기면 어떤 혜택이 있었을까요?"

응답하는 사람이 아무도 없었다. 이처럼 우리는 경쟁의 결과만 기억한다. 동화책을 읽던 어린 시절부터 과정보단 결과가 중요하다고 배워온 것이다. 그렇기에 토끼와 거북이 사이에 어떤 일이 벌어져 경주까지 하게 됐는지, 그 당시 그들의 심경은 어땠으며, 경기가 끝난 후 어떤 일이 벌어졌는지 알지 못한다.

동화를 보면 토끼는 거북이 다리가 짧다고 계속 놀려댔고, 화가 난 거북이가 먼저 달리기 시합을 제안했다. 공정한 경기를 위해 같은 마을에 사는 여우가 경주 코스를 짜고 심판을 봐주었다.

시작은 언제나 옳다

경주 결과 모두가 아는 대로 토끼가 지고 거북이가 이겼다. 패배한 토끼는 놀린 걸 사과했고, 감동한 여우는 거북이를 평생 형님으로 모시기로 했다. 이게 바로 토끼와 거북이의 뒷이야기다.

평범한 사람이 거북이라면 집에 돈이 많거나 타고난 재능이 뛰어난 사람은 토끼라 할 수 있다. 현실에서는 거북이가 토끼를 이기기 어렵다. 거북이가 토끼를 이기려면 토끼가 낮잠을 자야 한다. 하지만 현실의 토끼는 예민한 성격이라 깊은 잠에 빠져들지 않는다. 그렇다면 군이 힘든 경주를 할 필요가 있을까?

토끼와 거북이 이야기를 현실로 옮겨서 아름다운 이야기로 만들어보자. 토끼의 잘못은 경주 중 낮잠을 잔 것이 아니라 다리가 짧다고 거북이를 놀린 것이다. 거북이도 발끈해서 경주할 게 아니라 토끼가 뭐라 하든 신경 쓰지 말고 자신이 하고 싶은 일을 하면 된다. 바다에서 유유히 헤엄치는 거북이의 모습이 육지에서 땀을 뻘뻘 흘리면 달리는 것보다 훨씬 행복해 보이는 건 자신에게 어울리는 일을 하기 때문일 것이다.

겉으로 보이지 않는 것

지금은 사람들 앞에 서서 '토끼와 거북이' 이야기를 하며 '경쟁이

정답은 아니에요'라고 자신 있게 말한다. 하지만 여행할 당시만 해도 다른 사람과 자신을 비교하면서 자괴감을 떨쳐내지 못했다. 우리는 어릴 적부터 경쟁에서 이기는 것이 진리라고 배워온 탓에 경쟁심이 체화되어 있다. 퇴사하고 여행 좀 다녔다고 해서 쉽게 바뀔 것이란 생각 자체가 어찌 보면 욕심일 수 있다. 그래도 그런 삶이 싫어 여행까지 떠나왔으면 최소한 남과 비교하지 않도록 에 써보는 게 도리였다.

어떻게든 방법을 찾고 싶었다. 그러던 중 진짜 거북이가 살아 숨 쉬는 아마존으로 여행을 가게 되었다. 아마존 하면 누구나 머 릿속에 그려지는 모습이 있을 것이다. 외부와 단절된 채 영화 〈쥐 라기 공원〉에나 나올 법한 초원이 펼쳐져 있고, 그 안에 동물원에 서도 본 적 없는 희귀한 동식물이 가득한 풍경이다.

우리가 갔던 아마존은 실제 그런 곳이었다. 배를 타고 아마존 강물을 따라 한참을 들어가면 밀림이 나오는데, 우리는 그 안에 마련된 '롯지'라 불리는 숙소에서 일주일을 지냈다. 그곳에는 악 어, 모기, 원숭이 등 수를 헤아리기 어려울 만큼 많은 동식물이 있 다. 다만 없는 것이 두 개 있는데, 인터넷과 전기였다. 언제 닥칠지 모를 비상 상황에 대비해 자그마한 태양열 발전기를 돌리고 있기 는 했지만, 말 그대로 비상용이다. 날이 저물면 어두운 롯지 안에 서 밥을 해 먹을 수 있도록 세 시간 동안만 전기 사용을 허락한다.

시작은 언제나 옳다

이런 상황이다 보니 인터넷 사용은 기대조차 할 수 없었다.

얼마 안 가 인터넷 금단 증상이 나타났다. 뉴스가 궁금하고, 웹툰이 보고 싶고, 페이스북에 올라온 이야기를 알고 싶었다. 카톡으로 누가 말을 걸진 않았을까 생각하니 견딜 수가 없었다. 하지만 하루, 이틀 참다 보니 점점 익숙해졌다. 세상과 단절된 현실을 받아들이니 오히려 마음이 편안해지면서 외롭다는 생각도 덜했다. 남이 아닌 자신에게 집중하게 되었다.

한 연구에 따르면 SNS에 빈번하게 방문하는 사람이 아닌 사람보다 우울증에 걸릴 확률이 2.7배 높다고 한다. SNS에 올라온 타인의 행복한 모습과 자신의 일상을 비교하면서 상대적 박탈감을 느끼는 것이다. 자신이 올린 게시물에 달리는 '좋아요'를 자신에 대한 관심이라 생각해 집착하는 부작용도 생긴다. 돌아보니 우리 역시 다른 사람의 SNS에 올라온 사진과 글을 보면서 계속 비교하고 있었다.

다시 타임라인을 찬찬히 훑어보았다. SNS에서 보는 우리 모습은 아무런 근심걱정 없이 행복해 보였다. 우리가 매일매일 이렇게 행복한 일상을 보냈나? 실제론 이렇지 않았는데…. 여기선 왜 이렇게 행복해 보이지?

SNS에는 인생의 하이라이트만 올라온다. 그것을 깨닫자 마음이 훨씬 편해졌다. 아무리 재미없는 영화라도 〈출발 비디오 여행〉

에서 김경식의 맛깔스러운 내레이션으로 하이라이트만 보여주면 재미있는 영화로 둔갑한다. SNS도 마찬가지다. 진짜 그들의 삶이 어떤지는 아무도 모른다.

남들과 경쟁할 때 우리 마음속에 맴도는 가장 강한 감정은 조급함이었다. 다른 사람은 저렇게 앞서가는데 우리는 왜 아직도 제자리지? 우리도 어서 한 발이라도 더 나아가야 하지 않나? 이런 조급함이 우리를 짓눌렀다. 그런데 아마존에 들어와 있으니, 그런 게 하나도 중요하지 않게 느껴졌다.

우리는 각자의 인생을 사는 것이지 남들과 경주를 하는 게 아니다. 지금 우리에게 필요한 건 남들보다 먼저 결승점에 도달하는 게 아니다. 경치 좋은 산 중턱에서 달리기를 멈추고, 바람 솔솔 부는 나무 아래 기대어 낮잠을 자는 여유다. 남들보다 늦어도 괜찮다는 여유, 이것만 있다면 조급해지거나 스트레스받을 염려는 없다. 아마존에서 우리는 전깃불 대신 밤하늘의 별을 보았고, 인터넷이 없는 대신 내면을 들여다보았다.

시작은 언제나 옳다

어차피 계획대로
안 된다

:
:

지킬 수 없는 약속

말레이시아 쿠알라룸푸르를 지나 페탈링자야라는 도시에 도착했다. 숙소에 짐을 풀고 밖으로 나가서 느낌 있는 카페를 찾았다. 'Wood&Steel'이라는 이름의 이 카페는 간판부터 꽤 멋스러웠다. 우리는 이 멋진 카페에 앉아 차가운 아메리카노로 더위를 식히며 열 가지 규칙을 만들었다.

1. 숙소 밖에서는 서로 영어로 대화하기
2. 사진, 영상, 일기는 그날그날 바로 정리하기
3. 하루 한 시간 이상 공부하기

4. 열흘에 하루는 각자 여행하기

5. 서로 비난하지 말기

6. 너무 싼 것만 쫓지 않기

7. SNS는 잠들기 전 30분만 하기

8. 위험한 일 하지 않기

9. 하루에 최소 네 시간 이상 일하기

10. 무엇을 이루려는 생각 버리기

특별한 계기가 있었던 건 아니다. 여행 가기 전 읽은 책에서 여행 중 지켜야 할 규칙을 만들라고 했던 게 문득 생각나서였다. 다 쓰고 보니 뭔가 그럴싸해 보였다. 우리는 이 규칙에 카페 이름을 따서 'Wood&Steel 룰'이라는 이름을 붙였다.

결론부터 말하면 우리는 이 규칙을 단 하루도 못 지켰다. 단 하루도 말이다. 언뜻 보기에는 그리 어려워 보이지 않는 규칙이지만, 유심히 들여다보면 이건 도저히 지킬 수 없는 무모한 약속이란 걸 알 수 있다. 겨우 의사소통할 정도의 영어 실력인 우리가 하루아침에 영어로만 대화한다는 건 말을 하지 말라는 얘기였다. 정말 별의별 일이 다 생기는 여행지에서 매일매일 공부하고, 일하고, 그날그날 정리하는 건 아예 불가능했다.

서로 비난하지 말기, 싼 것만 쫓지 않기, 위험한 일 하지 않

시작은 언제나 옳다

기⋯. 항목도 말은 그럴듯하지만 실행하는 건 쉽지 않았다. 뜨거운 태양 아래 무거운 배낭을 짊어지고 다니다 보면 둘 다 예민해져서 조금만 일이 틀어져도 상대방에게 화를 냈다. 돈이 없으니 어쩔 수 없이 싼 것을 찾아다닐 수밖에 없었다. 그나마 다행인 건 위험한 일은 하지 않았다는 것이다.

뒤늦게 깨달은 거지만 매일매일 정해진 규칙대로 살 거라면 여행을 떠날 필요가 없다. 한국에서 매일 정해진 시간에 출근하던 그 시절의 생활과 다를 게 없으니까. 그런데 우리는 누가 강요하지도 않은 규칙을 스스로 만들고, 그것을 지키지 못했다고 꽤 오랫동안 좌절감에 시달렸다. 지금 생각하면 우습고 안쓰러운 일이었다.

계획을 방해하는 것들

여행 영상 만들기는 우리가 여행 초반에 계획했던 여러 프로젝트 중 하나였다. 우연히 유튜브에서 매트 하딩이라는 사람의 영상을 보았다. 한 번 보면 누구라도 반할 수밖에 없는 여행 영상이었다.

게임 개발자였던 매트는 세계 여행을 떠나기로 마음먹고, 친구들에게 자신의 결심을 얘기했다. 친구들이 위험하다고 말리자,

매트는 여행 중에 자신이 어디 있는지 알리겠다고 약속했다. 그가 생각한 방법은 주기적으로 웹사이트에 영상을 올리는 것이었다. 그냥 영상을 올리는 게 재미없었던 매트는 전 세계 곳곳에서 막춤을 추는 영상을 올리기 시작했다. 재미 삼아 올리기 시작한 영상이 예상치 못한 인기를 끌었다. 나중에는 그가 춤을 추면 수백 명의 사람이 주위로 몰려와서 같이 춤을 추었다.

매트는 한국을 포함해 무려 69개국에서 막춤을 춘 영상을 편집해 5분 정도 분량의 짧은 클립으로 만들어서 올렸다. 그리고 이 영상으로 세계에서 제일 유명한 여행가가 되었다. 그 후 베스트셀러 작가가 되었고, 전 세계 곳곳에서 광고를 찍었으며, 지금도 전액 후원을 받아 여행을 다니고 있다.

"우리도 이렇게 멋진 여행 영상 하나 만들자!"

매트처럼 유명해지길 바라고 시작한 것은 아니었다. 우리 나름의 콘셉트로 여행을 추억할 수 있는 영상을 만들면 족했다.

"저 사람은 막춤이었는데, 우리는 무슨 콘셉트로 할까?"

"우리는 두 사람이니까, 화면 양쪽 끝에서 서로를 향해 걸어오는 영상을 찍으면 어떨까? 우리가 걸어오는 동안 배경이 휙휙 바뀌는 거야."

"오 좋다. 그걸로 하자."

우리는 항상 가방에 삼각대와 카메라를 챙기고 다녔다. 새로운 곳에 도착하면 일단 카메라를 세팅하고 동선을 체크했다. 작업은 생각만큼 쉽지 않았다. 우리가 가는 여행지에는 항상 사람이 많았다. 카메라를 설치하고 사진을 찍으려 하면 카메라와 우리 사이에 수십 명의 사람이 지나갔다. 그렇다고 그들을 막고 사진을 찍을 수도 없는 노릇이었다. 치안이 위험한 동네에서는 카메라를 들고 다니는 것조차 부담스러웠다. 삼각대에 올려놓고 뒤돌아서는 순간 카메라가 없어진다는 괴담을 무수히 들어왔다.

비가 오는 날은 비가 와서 못 찍고, 날이 더운 날은 너무 더워서 찍을 힘이 없었다. 결국 이런저런 핑계로 한 번, 두 번 사진을 안 찍다 보니 우리의 영상 계획은 어느 순간 흐지부지 되었다. 계획 달성에 실패한 것이다.

규칙이 없으면 한계도 없다

"이왕 이렇게 되었으니 그냥 막 찍자. 어차피 카메라는 챙겨온 거니까."

그날부터 우리는 아무거나 막 찍었다. 멋진 풍경이 아니더라도 무조건 카메라에 담았다. 숙소에서 쉴 때, 밥 먹을 때도 그냥 막 찍었다. 사람들이 웃고 떠드는 것도, 귀여운 동물의 모습도, 비바람이

치는 모습도 전부 카메라에 담았다. 여행이 끝날 무렵에는 그렇게 밑도 끝도 없이 찍은 영상이 외장 하드 하나를 가득 채웠다.

"영상 너무 많이 찍었나. 나중에 다 보지도 못할 것 같은데."

"왜 안 봐. 틈날 때마다 꺼내 봐야지. 아예 이걸로 전시회를 열까? 사람들 다 보게."

"이걸로 무슨 전시를 해. 콘셉트도 없이 막 찍었는데."

"뭐 어때. 그냥 해보는 거지. 매트는 뭐 그렇게 될 줄 알고 막 춤을 췄나?"

막춤 영상을 만든 매트도 처음부터 유명해지려고 시작한 게 아니다. 그저 친구들에게 자신이 있는 곳을 보여주려고 만든 영상이 우연히 유명해졌고 여기까지 온 것이다.

우리의 원래 계획은 실패로 돌아갔지만, 꾸준히 영상을 찍고 마음 내키는 대로 편집하기로 했다. 귀국하면 열기로 한 사진 전시회에서 영상전을 함께 할 계획을 세웠다. 우리의 이름으로 사람들을 초대해서 보여주는 자리인 만큼 멋지게 준비하고 싶었다. 전시회 콘셉트를 잡는 데만 두어 달이 걸렸다.

전시회 제목은 '별일 없는 여행'으로 정했다. 우리에겐 여행이 일상이고, 일상이 곧 여행이었다. 일상과 여행 사이 모호한 경계를 영상으로 표현하고 싶었다. 영상전은 우리 예상보다 훨씬 성공적이었다.

시작은 언제나 옳다

모든 인생이 계획대로 되는 건 아니다. 우리는 스스로 만든 규칙을 지키지 못했고, 멋진 여행 영상을 찍는 데도 실패했다. 그렇다고 해서 나쁜 결과로 이어진 것도 아니다. 때로는 계획대로 되지 않았기 때문에 새로운 기회가 생기는 경우도 있다. 우리의 영상전이 바로 그러했다.

만약 원래의 계획대로 영상을 찍었다면 고작 3분짜리 유튜브용 영상 하나를 얻었을 것이다. 놀랄 만한 조회 수를 기록할 수도 있었겠지만, 누구의 관심도 못 받고 사라질 가능성이 훨씬 더 컸다. 계획 달성에 실패한 덕분에 자유롭게 많은 영상을 찍을 수 있었고, 운 좋게 관객들과 소통하는 영상 전시회까지 이어지게 되었다. 어쩌면 인생은 계획대로 되지 않기에 더 의미 있는 것일지도 모르겠다.

좋은 사진을 찍기 위해 특별한 것을 찾을 필요는 없다

카메라에 담긴 모든 시간이 특별하니까

불안에게
말을 걸다
:
:

다시 안정을 떠올린 이유

1년이라는 시간은 생각보다 짧았다. 어느 순간 우리는 다음 여행지에 대한 정보보다 한국에서 무엇을 해야 할지를 찾아보고 있었다. 여행이 끝날 무렵이 되자 우리는 불안해졌다. 그동안 산전수전 다 겪으면서 정신 수양이 되었다고 생각했는데, 불안감을 쉽사리 떨칠 수 없었다.

한국에 돌아가면 어디서부터 어떻게 다시 시작해야 할지 막막했다. '우리가 여행 중에 시도했던 프로젝트들이 다 잘됐더라면 아무 걱정 없이 한국으로 돌아갈 수 있을 텐데' 하는 생각도 들었다. 생각에 생각이 꼬리를 물기 시작했고, 결국 다시 취업해야겠다는 생각까지 하게 되었다. 스마트폰으로 구직 사이트를 찾아보기도 했다. 한국에 7월에 들어가니 하반기 경력 공채에는 지원할 수 있을 것 같았다. 인터넷에 올라와 있는 공고를 하나씩 읽어 나가던 그날 밤은 쉽게 잠이 오지 않았다.

사람들이 심리적으로 불안한 가장 큰 이유는 불확실성 때문이라고 한다. 우리가 불안감을 느낀 이유 역시 한국에서 맞부딪칠 불확실한 미래 때문이었다. 1년간의 여행은 우리가 바랐던 일이기도 했고, 철저히 계획하고 준비했기 때문에 불안하지 않았다. 그에 비교해 한국으로 돌아간 후 우리 앞에 펼쳐질 일은 확실한 게 아무것도 없었다. 이 불안함을 없앨 방법이 없을까? 침대에 누워 계속 생각했다.

심리학적으로 불확실성을 잠재울 방법에는 두 가지가 있다고 한다. 첫 번째 방법은 예측성을 높이는 것이다. 예측 가능한 부분이 많아질수록 불확실성이 줄어들어 불안함에서 탈피할 수 있게 된다. 요즘처럼 불안한 시대에는 공무원이나 교사 등 정년이 보장되는 직업으로 사람들이 몰리는 현상이 나타난다. 해당 직업들은 다른 직업에 비교해 예측가능성이 높기 때문이다. 제제가 구직사이트에 들어갔던 것도 은연중에 예측성을 높여 불안함을 없애고자 한 본능적인 선택이었을 것이다.

두 번째 방법은 기대감을 높이는 것이다. 예측 가능성을 높이는 첫 번째 방법과 정반대로 불확실성을 잠재우는 방법이다. 예측 가능한 일이 아닌 예측 불가능한 일을 통해 새로운 기대감을 만드는 것이다.

제제가 군대에 있을 때 정말 보기 드문 일을 목격한 적이 있다. 지금 생각해도 믿기 힘든 일이다. 제대를 몇 달 앞둔 군대 선임이 로또 1등에 당첨되었다. 당첨금도 요즘처럼 10~20억이 아니라 무려 100억이 넘는 거액이었다. 정확히 말하면 군대 선임의 어머니가 당첨된 것이었다. 그 선임은 당첨 사실을 아무에게도 말하지 않았지만 그의 고향에 소문이 돌면서 알 사람은 다 아는 공공연한 비밀이 되어 버렸다. 이 사건은 이등병 때 헤어진 그의 전 여자 친구가 다시 만나자며 충청도에서 강원도 철원까지 매주 도시락을 싸 들고 면회를 오는 기적을 만들어내기도 했다. 아무튼 그 선임은 마지막까지 비밀을 유지하다가 제대하는 날 친한 사람 몇 명에게만 로또 당첨 사실을 알렸다. 소문은 삽시간에 부대 전체에 퍼졌다.

그날부터 부대 사람들은 매주 로또를 사기 시작했다. 그 선임네도 됐으니 나도 될 수 있지 않을까 하는 기대감이 있었다. 로또는 그렇게 막막한 군 생활과 제대 후 막연한 현실에 대한 불안감을 집어삼켰다.

2016년 우리나라는 경제적, 정치적으로 가장 힘든 시기였다.

그런데 아이러니하게도 같은 기간 로또 판매량은 사상 최대 였다고 한다. 막연한 기대감으로 불안감을 이기려는 심리가 작용했기 때문일 것이다.

이제 불안함을 없앨 수 있는 두 가지 확실한 방법을 알게 되었다. 하나는 예측 가능한 안정감, 다른 하나는 예측 불가능한 기대감. 어떤 방법을 선택할지는 우리의 몫이다.

기대로 불안을 지우는 법

제제는 이미 두 가지 경우를 모두 경험해 보았다. 제제가 처음 선택의 갈림길에 선 것은 졸업을 앞둔 대학생 시절이었다. 우리 또래는 곧 냉혹한 사회로 던져질 운명이었고, 그 속에서 어떻게든 각자 살길을 찾아야만 했다. 앞날에 대한 불안감을 없애줄 방법은 바로 예측 가능성이 높은 안정적인 직장에 들어가는 것이었다. 취업을 위해서 열심히 지원서를 쓰고 면접을 준비했다. 운 좋게도 노력한 만큼 성과가 있어 취업에 성공했다.

입사 시험에 합격했다는 연락을 받았던 그 날의 기억이 지금도 생생하다. 합격했다는 소식을 듣는 순간 그동안 제제를 짓눌렀던 불안감이 한 번에 씻겨 내려가는 듯했다. 앞으로는 회사를 열심히 다니기만 하면 되는 것이었다. 그때만 해도 그 회사에 평생 뼈를 묻을 각오가 되어 있었다. 하지만 안정감은 차츰 희미해지고, 그 자리에 불안감이 서서히 스며들었다.

다시 찾아온 불안감은 이전보다 더 크고 아프게 다가왔다. 영원히 안정적일 줄 알았던 발판이 한순간에 사라져버리고, 그 아래 튀어나온 날카로운 송곳이 발바닥을 뚫고 올라오는 듯한 느낌이었다. 그 고통은 이전과 비교할 수 없이 컸다. 회사가 분사하고, 구조조정을 하고, 리더가 계속 바뀌고, 출처를 알 수 없는 소문이 떠돌아다닐 때마다 직장인들은 나와 같은 고통을 느낄 것이다.

그렇게 찾아온 두 번째 불안감에 대처하는 방법은 이전과 달랐다. 이번에는 현실에 안주하지 않고 새로운 길을 가는 쪽을 선택했다. 예측 불가능한 기대감에 의지하는 새로운 길. 여행자들에게 집을 공유하고, 스타트업을 추진하며, 세계 일주를 하면서 얻는 기대감으로 불안감을 지워나갔다.

"아직도 안 자? 잠 좀 자."

"나 이제 구직사이트 안 들어가기로 했어."

"뭐래? 잠이나 자."

그날 제제는 쉽게 잠이 들지 못했다. 불안해서가 아니라 내일 펼쳐질 새로운 세상에 대해 기대감 때문이었다.

세계 일주에서 돌아온 지 어느덧 1년이 지났다. 그동안 우리는 여러 가지 새로운 기대감으로 불안함을 지워왔다. 제일 먼저 한 일은 사진전이었다. 크라우드펀딩을 받고, 콘셉트를 정하고, 갤러리를 찾아다니며 전시회를 준비했다. 태어나서 처음으로 작가라는 호칭을 들었다. 사진전을 준비하고 진행하면서 이전에는 몰랐던 새로운 세계가 보이기 시작했다.

그다음에는 한 번도 살아본 적이 없는 한옥에서 살기로 했다. 문에 창호를 바르는 일부터 대청마루를 닦고 광내는 일까지 하나하나가 새로운 배움이었다. 그곳에서 플로리스트와 협업을 해보기도 하고, 다양한 클래스도 열고, 촬영도 했다. 어느새 우리는 사라져가는 한옥을 지키는 젊은 부부로 사람들에게 알려졌다.

제약 회사, 엔터테인먼트 회사 등에서 원격 근무로 프리랜서 일도 했다. 최근에는 새로운 스타트업을 준비하기 위해 전에 다니던 회사 근처 공유 사무실에 입주했다. 전 직장 근처에서 일하다 보니 자연스럽게 전 직장 사람들을 만나 커피도 마시고 밥도 먹게 되었다.

"요즘엔 뭐해?"

"우리야 뭐 이것저것 하고 있지. 회사는 어때? 다닐 만해?"

"우리도 뭐 똑같지. 너희 그만둘 때랑 달라진 게 없어. 근데 궁금한 게 있는데."

"뭔데?"

시작은 언제나 옳다

"그렇게 회사 관두고 새로운 거 하려니 안 불안해? 우리는 지금도 엄청 불안한데."

"우리도 불안하지. 요즘 세상에 안 불안한 사람이 어디 있어. 다만 우리는 내일 어떻게 될까 불안한 것보다 내일 무슨 일이 생길까 기대되는 마음이 조금 더 커. 그걸로 버티는 거지."

불안에서 벗어나는 법은 간단하다.

내일 펼쳐질 새로운 세상에 대한

기대감을 늘리는 것이다.

4
:
:
길이
아니라도
걸을 수 있다

좋아하는 일 따로,
잘하는 일 따로

·
·
·

하늘이 내린 나의 직업은 무엇일까

"직장이 아닌 직업을 찾고 싶어요. 이 여행은 우리의 직업을 찾는 여행이에요."

　세계 일주를 떠난 이유를 묻는 사람들에게 우리는 늘 이렇게 대답하곤 했다. 우리의 가장 큰 고민이 바로 그것이었다. 직장이 아닌 직업. 우리가 말하는 직업은 곧 천직을 말하는 것이었다.

　천직. 하늘이 내린 타고난 나의 직분. 어른들이 자주 하는 말 중 하나가 바로 이 천직이다. "이게 내 천직이여"라고 말씀하시는 어른들을 보면 참 부러웠다. 30년을 넘게 한 직장에 다니고 같은 일을 하면서 자부심을 느끼는 것. 말은 쉽지만 보통 일이 아니다.

우리가 다녔던 회사에서도 10년, 20년, 30년 근속한 사람에게 상패를 주며 공로를 인정해주었다. 그 모습을 보며 '과연 이곳에서 정년까지 일할 수 있을까? 그렇게 되면 우리도 이 직업을 천직이라고 여기게 될까?'라는 생각을 했다.

세상에는 참 많은 직업이 있다. 전 세계에 있는 직업 종류가 무려 150만 개나 된다고 하니 일일이 나열할 수도 없다. 옛날에는 직업의 종류가 그리 많지 않았다. 인류 초기에는 수렵, 채집을 통해 먹고사는 문제를 해결했다. 그러다가 농작물을 경작하고 가축을 키우며 정착을 하게 되었다. 수렵, 채집만 있던 직업의 세계에 농업, 축산업 등이 생겨난 것이다. 그 후, 인류사회는 점점 더 촘촘하게 발전해왔다. 신을 믿는 종교가 생겨나면서 이와 관련된 새로운 직업이 생기고, 부족사회가 커짐에 따라 지금의 정치인 역할을 하는 리더가 생겨났다. 시장과 화폐가 생기면서 직업의 종류는 점점 더 다양해졌고, 산업혁명, 정보혁명을 거치면서 직업의 종류는 더는 헤아릴 수 없을 만큼 폭발적으로 늘어났다. 지금도 이전에 없던 새로운 직업이 매일매일 생겨나고 있다.

실제로 공유 숙박을 하면서 전 세계 다양한 직업을 가진 사람들이 우리 집에 왔다 갔다. 우리와 비슷한 IT 직군의 사람들을 시작으로 학생, 주부, 변호사, 의사, 화가, 작가, 다큐멘터리 감독, DJ, 세일즈맨, 디자이너, 심지어 인도네시아 걸그룹 출신 연예인도 묵고 간 적이 있다. 세상에 이렇게 많은 직업이 있다는 것을 알게 되면서 우리의 천직은 무엇인지 고민하지 않을 수 없었다.

세계 일주를 하면서는 특이한 직업을 가진 사람들을 많이 만났다. 산불이 나는지 살피는 산불 관리자, 동물과 함께하는 생일 파티를 기획하는 파티플래너, 빙산 트레커 등 생각지도 못한 독특한 직업이 많았다. 다양한 직업을 알게 될수록 천직을 찾는 일이 점점 어려워졌다.

길이 막히면 출발점으로 돌아가 보는 것도 한 방법이다. 우리는 천직의 개념부터 정의해보기로 했다. 천직이 되기 위한 조건에는 무엇이 있을까? 고민 끝에 우리가 내린 결론은 다음과 같다.

첫째, 내가 좋아하는 일이어야 한다. 가장 중요한 조건이다. 좋아하지 않는 일은 오래 할 수 없고, 오래 한다 한들 이것을 천직이라고 생각할 수는 없다고 생각했다.

둘째, 내가 잘하는 일이어야 한다. 아무리 좋아하는 일이라고 한들 내가 거기에 재능이 없다면 직업이 아닌 취미로 삼아야 한다. 많은 사람이 자신이 좋아하는 일과 잘하는 일 사이에서 고민한다. 좋아하는 일을 해야 할까, 잘하는 일을 해야 할까? 내가 천직이라고 생각하는 일이란 좋아하면서 잘하는 일이어야 한다.

셋째, 돈을 벌 수 있는 일이어야 한다. 내가 좋아하고 잘하는 일이라도 그것으로 생계를 유지할 만큼 돈을 벌 수 없다면, 과연 그것을 직업이라고 할 수 있을까? 프로와 아마추어의 차이는 그 일로 돈을 벌 수 있는지의 여부로 판단한다. 일을 통해서 내가 수익을 낼 수 없다면 그저 취미에 불과하다.

넷째, 미래가 있어야 한다. 천직이라는 것은 말 그대로 하늘이 나에게 내려준 직업이다. 당장 몇 년 하고 끝내는 게 아니라 앞으로도 계속 할 수 있는 일이어야 한다. 만약 그 직업에 미래가 없다면 그것은 진정한 천직이라고 부를 수 없다.

조건을 다 적고 보니 천직 찾기란 굉장히 까다로운 일이다. 우리는 과연 천직을 찾을 수 있을까?

천직 찾기를 포기하다

어릴 적 제제의 꿈은 영화감독이었다. 강원도 시골에서 자란 제제에게 영화는 접할 수 있는 거의 유일한 예술이었다. 영화에 홀딱 빠진 어린 제제는 어른이 되면 영화를 만드는 사람이 되어야겠다고 결심했다. 시골 작은 도서관에도 영화 관련 책이 여러 권 있었다. 제제는 무슨 말인지도 모르는 책을 읽고 또 읽었다.

고등학생이 된 제제는 방송반에 들어갔다. 방송실에 있는 6mm 캠코더 때문이었다. 요즘이야 스마트폰으로 고화질 4K 영상을 찍고 PC로 편집해서 CG까지 자유자재로 넣을 수 있지만, 그 시절에는 비디오테이프를 쓰는 아날로그 캠코더가 유일한 촬영 장비였다. 그마저도 굉장히 고가의 장비이고, 평소에는 쓸 일이 거의 없기 때문에 일반 가정집에서는 찾아보기 힘들었다. 방송반 활동은 제제가 카메라를 만질 유일한 기회였다.

지금은 고물상에서도 보기 힘든 6mm 캠코더로 촬영을 했다. 편집기가 너무 비싸서 비디오테이프를 재생하는 VTR 2대를 서로 연결해 필요한 부분만 녹화하는 방식으로 편집을 했다. 지금 생각해보면 어떻게 그렇게 방송했나 싶지만, 그런 장비로도 우리는 매주 방송을 만들어냈다. 심지어 학생회장 선거를 생방송으로 진행하기도 했다.

그러던 중 제제에게 천금 같은 기회가 찾아왔다. 그것은 제2회 서울 국제 청소년영화제였다. 꿈꾸던 영화를 진짜 찍어볼 수 있다니! 자신 있었다. 제제는 열심히 찍고 편집했다. 비록 장비는 형편없지만 최선을 다해 작품을 만들었다. 완성된 테이프를 보내놓고 하루하루 결과를 기다렸다.

"네? 제가 떨어졌다고요? 그럴 리가 없는데?"

결과는 낙방이었다. 도저히 받아들일 수 없었다. 착오가 생긴 것은 아닌지 주최 측에 전화해 확인도 했다. 달라지는 것은 없었다.

"멍청한 심사위원 놈들. 니들이 뭘 알겠어!"

치기 어린 마음에 심사위원을 저주했다. 그렇게 한바탕 욕을 하고 나니 기분이 풀렸다. 그러던 어느 날, 우연히 제제가 출품했던 영화제의 당선작을 모아서 상영하는 행사가 있다는 소식을 들었다. 바로 달려갔다. 얼마나 잘 만들었나 보자.

그해 대상을 탄 작품의 제목은 '난중일기'였다. 주인공은 초등학생이었다. 아이는 방학 때마다 밀린 일기를 쓰는 게 너무 힘들었던 나머지 이번 방학에는 미리 일기를 다 써놓기로 한다. 그렇게 두 달 치 일기를 미리 써두고 홀가분한 마음으로 잠이 든다. 그런데 그날 밤 꿈에 이순신 장군님이 나타난다. 장군님은 눈물이 쏙 빠지게 아이를 혼낸다. 나는 전쟁 중에도 매일 일기를 썼는데, 너는 일기 쓰는 게 뭐가 힘들다고 이렇게 미리 써놓았느냐고. 평생 거짓말쟁이가 되는 거라고 다그친다. 꿈에서 깬 아이는 이순신 장군님께 혼나지 않기 위해, 거짓말쟁이가 되지 않기 위해 방학 동안 자기가 쓴 일기대로 살아간다.

30분 정도의 짧은 단편 영화였는데, 영화 보는 내내 숨소리조차 못 낼 정도로 빠져들었다. 다 보고 나니 부끄럽고 허탈해졌다.

시작은 언제나 옳다

'저렇게 찍어야 영화감독이 될 수 있는 거구나. 나는 재능이 없구나.'

열 일곱 살 어린 나이에 처음으로 좋아하는 일을 잘하는 것이 얼마나 어려운지 알게 되었다. 그때보다 두 배 더 나이를 먹은 지금도 여전히 좋아하는 일과 잘하는 일은 하나가 되지 않았다. 하물며 그 일로 죽을 때까지 돈을 벌 수 있다는 게 가능할 것 같지 않았다. 그래서 점점 천직 찾기를 포기하게 되었다.

세상에 유니콘은 없다

"제우야, 내가 요즘 청년 멘토링 사업을 하고 있거든. 네가 이 친구의 멘토가 되어 줄 수 있을까? 팟캐스트에 같이 나와서 이야기도 하고."

"그래요. 제가 뭘 하면 될까요?"

친한 형의 부탁으로 한 친구의 멘토링을 해주기로 했다.

"여기 멘티가 쓴 자기소개서야. 요즘 무슨 고민을 하는지 적혀 있으니까, 그걸 토대로 네가 들려줄 수 있는 이야기를 해주면 될 것 같아."

형이 건네준 자기소개서를 찬찬히 읽어보았다. 미용예술학을 전공하고, 현재 메이크업 아티스트로 일하고 있고, 부모님은 사업을 하고 계시고…. 이 친구의 고민이 뭔지 궁금해 계속 읽어나갔다. 그 또래 많은 친구가 그러하듯, 이 친구 역시 꿈 앞에서 갈팡질팡하는 중이었다. 자신이 진짜 메이크업 아티스트가 되고 싶은지, 아니면 부모님처럼 사업체를 경영하고 싶은지, 아니면 취미삼아 하던 인테리어 디자인 같은 다른 일을 하고 싶은지. 제제 역시 아직 하고 싶은 일이 뭔지 잘 모르지만, 멘토로서 이 친구를 위해 해줄 이야기를 생각해보았다.

이 친구는 우리처럼 하고 싶은 게 참 많아 보였다. 그에 걸맞게 할 줄 아는 것도 많았다. 문득 그런 생각이 들었다. 꼭 하나만 해야 하나? 그냥 다 하면 안 돼? 좋아하는 것 따로, 잘하는 것 따로, 돈 버는 것 따로, 다 해도 되지 않을까? 생각해보니 이건 마치 우리 스스로에게 하는 이야기 같았다.

자신이 좋아하면서 동시에 잘하고 돈도 벌 수 있으며 미래에 유망하기도 한 천직을 찾아 헤매는 건, 마치 하얀 말이면서 뿔이 달리고 날개가 달린 유니콘을 찾아 헤매는 것과 같다. 세상에 유니콘은 없다. 하지만 하얀 털이 탐스러운 백마와 날카로운 뿔이 달린 코뿔소와 큰 날개를 가진 독수리는 실제로 존재한다. 마찬가지로 세상에는 내가 좋아하면서 잘하고 돈도 벌 수 있는 유망한 일은 없지만, 각각의 일은 존재한다. 그렇다면 꿈같은 일을 찾아

시작은 언제나 옳다

헤맬 게 아니라 그냥 각각의 일을 다 하면 되는 것이다.

우리는 지금 좋아하는 사진도 찍고, 돈을 벌 수 있는 공유 숙박도 하고 있으며, 우리가 잘하는 IT 관련 프리랜서 일도 꾸준히 하고 있고, 미래를 위해 스타트업도 계속 연구 중이다. 우리에게는 지금의 삶 자체가 천직인 셈이다.

어딘가에 나를 위해
준비된 길이 있다

.
.
.

길은 어디에나 있다

1999년 5월, 미미는 인생을 통째로 바꾸어 놓은 TV 프로그램을 보게 되었다. 〈광끼〉라는 드라마로, 광고계 이야기를 다룬 작품이었다. 당시 중학생이었던 미미는 그 드라마를 본 이후 '광고장이가 되고 싶다'는 막연한 꿈을 꾸게 되었다. 카피라이터가 정확히 어떤 일을 하는지도 모르면서, 줄곧 장래 희망을 말할 일이 생기면 카피라이터라고 했다. 대학을 준비할 때도 수능 점수로 갈 수 있는 학교의 광고학과를 선택했다.

광고학과에 들어갔을 때만 해도 이미 꿈을 이룬 기분이 들었다. 하지만 광고판에서 두각을 나타내는 것은 너무나 어려운 일이

시작은 언제나 옳다

었다. 공모전에 한 번이라도 당선되려고 매번 방학을 반납하고 매진했지만, 2학년 학기가 다 지나도록 단 한 건의 공모전에도 당선되지 못했다. 광고는 내 길이 아닌 것 같았다.

자포자기의 심정으로 다른 것을 해보기로 하고 연극영화과, 사회학과, 경영학과, 법학과 수업 등을 닥치는 대로 들었다. 그중 '인터넷 사회와 디지털 아이덴티티'라는 사회학과 수업은 미미에게 완전히 새로운 세상을 보여주었다. 웹 2.0이라는 개념을 배우면서, 인터넷을 통해 누구나 콘텐츠를 만들고 협업하며 공유할 수 있다는 사실을 알게 되었다.

광고를 좋아했던 이유도 무언가 새로운 콘텐츠를 만들어낼 수 있다는 점 때문이었는데, 인터넷 역시 새로운 무언가를 만들어낼 수 있는 무궁무진한 세계였다. 갑자기 머리에 전기가 흐르는 것처럼 소름이 돋았다. 웹 2.0과 광고를 접목한다면 새로운 형태의 광고가 가능하지 않을까?

친구들과 함께 새로운 온라인 광고 플랫폼을 위젯 형태로 만들어보기로 했다. 서비스 이름은 '실타래(Sealtale)'로 지었다. 서비스 내용은 간단했다. 내가 스타벅스나 애플을 좋아한다고 하면 스타벅스와 애플의 배너를 만들어 내 블로그, 카페 등에 건다. 우리는 이 배너를 실(Seal)이라고 불렀다. 그 실을 클릭하면 나와 똑같은 실을 달고 있는 사람들의 리스트가 보이고, 그곳에 방문할 수 있다. 나와 비슷한 취향을 가진 사람을 쉽게 찾을 수 있는 것이다. 또한 스타벅스 실을 단 사람들이 그와 관련된 글을 자신의 블로그나 카페에 올리면 그 실에 자동으로 스크랩된다. 우리는 이것을 실에 글이 감긴다고 표현했다. 내가 관심 있는 것에 관한 글을 모아 볼 수 있는 시스템이다.

구상한 아이니어를 담임 교수님에게 이야기하니 이런 아이템으로 광고 공모전을 나가는 것은 무리라고 했다. 대신 창업 공모전을 추천해줬다.

'창업 공모전은 단 한 번도 생각해본 적이 없는데?'

그래도 이 아이템 자체가 너무 아까워서 어떤 공모전에라도 내보고 싶었다. 창업 공모전 마감일이 5일밖에 안 남은 시점이었다. 미미는 태어나 처음으로 시장 분석, 서비스 설계, 회계 등을 하나하나 공부하며 사업 계획서를 썼다. 경영학 수업을 제대로 들어본 적이 없었기에 도서관에서 책을 왕창 빌려 쌓아두고 5일 내내 쪽잠을 자가며 사업계획서를 완성했다. 사업계획서를 검토해줄 사람도, 시간도 없었다. 일단 마감 전에 출품하는 게 목표였다.

그래서 서류 심사에 합격했다는 소식을 받고 깜짝 놀랐다. 광고 공모전 서류 심사에서도 합격한 적이 없었기에 얼떨떨했다. 서류 심사를 통과하면 1차와 2차 프레젠테이션을 해야 한다. 자료도 훨씬 더 자세히 준비해야 했다. 서류 심사를 통과한 기쁨을 누

시작은 언제나 옳다

리기도 전에 또 프레젠테이션을 준비하자니 정신이 하나도 없었다. 거의 두 달 내내 프레젠테이션 준비, 팀 홍보 UCC 촬영, 서비스 프로토타입 제작까지 진행하느라 눈코 뜰 새 없이 바빴다.

초심자의 행운이었는지 서류에 이어 1, 2차 프레젠테이션까지 모두 통과했다. 시상식은 최종 2차 심사까지 통과한 팀이 모두 모여 진행됐다. 모두 상을 받는 것은 아니고, 시상식 현장에서 상을 받는 팀을 발표하는 형식이었다.

미미는 그 자리에 초대받을 거라고는 생각지도 못했다. 당시 폭탄 머리 파마를 한 미미는 친구에게 가발을 빌려 쓰고 시상식에 갔다. 그곳에 가서도 수상까지는 기대하지 않았다. 함께 준비한 팀원들과 수다를 떨 정도로 별 긴장감이 없었다. 아니나 다를까 3등, 2등, 특별상에도 미미의 팀 이름이 불리지 않았다. 누가 상을 받으면 열심히 손뼉을 쳐줄 뿐이었다. 여기까지 온 것만 해도 충분히 박수받을 자격이 있었다. 상을 받은 것은 그다지 부럽지 않았다. 미미는 참여한 공모전에서 가장 높은 단계인 2차 면접까지 간 것만으로도 충분히 만족스러웠다. 1등 수상 팀이 불리고, 마지막으로 대상이 남았다. 상금이 무려 1,000만 원이었다.

"발표하겠습니다. 걸작!"

"으아아아아아!!!"

걸작은 여자가 만든 작품이라는 뜻의 미미의 팀명이었다. 드

디어 된 것이다! 일을 낸 것이다! 그날 미미는 난생처음으로 공모
전에서 당선됐다.

삶은 언제나 예측할 수 없기에

상을 받은 게 믿기지 않았다. 너무 신기했다.

"박미영 씨죠? 저희는 이번 벤처창업경진대회의 후원사인 마
이크로소프트입니다. 걸작 팀에 엔젤 투자를 하고 싶은데, 혹시
창업할 생각이 있으신가요?"

처음으로 입상한 공모전에서 어마어마한 상금을 받은 것만으
로도 가슴이 벅차고 행복한데, 엔젤투자를 해주겠다는 기업까지
나타났다. 그전에는 단 한 번도 사업을 하고 싶다는 생각을 해본
적이 없었다. 이 아이템으로 실제 창업을 하는 것 역시 생각지 못
한 일이었다. 놀라운 일은 계속되었다.

"박미영 학생인가요? 학교 내부 산학협력단인데요. 학교 이사
님께서 포상하신다고 하셔서요. 내일까지….."

엔젤투자에 이어 학교에서 포상까지 받는다니, 정말 정신이
하나도 없었다. 이게 다 실제로 일어나는 일이라는 게 믿기지 않
았다. 2년 내내 뚜렷하게 잘하는 것 하나 없던 미미였다. 광고는

내 길이 아니라 생각하고 포기하지 않았던가. 시선을 돌리자 기다렸다는 듯이 눈앞에 새 길이 쭉쭉 이어졌다.

포상을 위해 만난 자리에서 이사님은 학교 내부에 있는 사무실을 지원해주겠다고 약속했다. 그렇게 전혀 계획에 없던 IT 서비스를 창업하게 되었다. '컴맹'이었던 미미가 학교를 졸업하기도 전에 IT 서비스 사업을 시작하고, 그 후로 대통령상, 중소기업청장상, 미국 테크크런치 50의 파이널리스트까지 갖가지 상을 휩쓸게 된 것은 전혀 예상하지 못했던 일이었다. 그렇게 새로운 인생이 찾아왔고 지금까지 IT 일을 하고 있다.

그때 미미가 새로운 공부를 시작하지 않았더라면, 창업하지 않았더라면 지금 어디서 무엇을 하고 있을까?

꿈이 있다면 문을 두드리자. 주먹이 으스러질 때까지 두드리자. 물론 끝까지 열리지 않을 수도 있다. 하지만 어딘가에는 내가 문을 두드리자마자 바로 열어줄 집이 있다. 미미 역시 처음 참가한 창업 공모전에서 바로 문이 열리리라곤 상상조차 하지 못했다. 하지만 지금은 안다. 우리를 위해 준비된 길이 어딘가에는 있음을. 새로운 시도는 그 길을 찾는 계기가 될 것이다.

가끔은 길이 아닌 곳에도 눈길을 주자

이곳저곳 살피는 사람에게만

샛길이 보이는 법이다

당신이 가장
빛나는 순간

.
.
.

두 눈이 반짝반짝 빛나는 일

세계 일주 후 한국에 돌아와서 한동안 앞으로 어떤 삶을 살아야
할지 고민했다. 그런 고민을 페이스북에 올리기도 했는데, 생각보
다 많은 사람이 관심을 보였다. 여러 사람이 댓글을 달아주었다.
황룡 대표도 그중 하나였다.

"시간 날 때 차 한잔하시죠."

황 대표의 제안으로 그를 만났다. 세계 일주 가기 전 그를 한
번 만난 적이 있었다. 블루투스 기반으로 동작하는 IoT 서비스를
기획하던 때였는데, 하드웨어 쪽을 잘 몰랐던 우리가 그 분야의
전문가인 황 대표에게 자문을 구하러 간 것이다.

그때 황 대표는 우리에게 굉장히 생소한 물건 하나를 보여주었다. 미국이나 유럽에서는 생리대나 탐폰 대용으로 많이 쓰이고 있다는데, 국내에서는 아는 사람이 거의 없는 물건이었다.

"이게 생리컵이라는 건데요. 이 안에 센서를 넣은 스마트 생리컵을 만들 거예요. 이 물건이 여자들의 생리 문제를 획기적으로 바꿀 수 있을 거예요!"

여자가 이런 말을 했다면 모를까, '곰돌이 푸'처럼 푸근하게 생긴 남자가 갑자기 여자의 생리 문제를 해결하겠다고 말하니 굉장히 당황스러웠다. 하지만 그렇게 말하는 황 대표의 눈은 유달리 반짝반짝 빛나고 있었다.

그리고 1년이 지났다. 그사이 황룡 대표는 진짜로 그 생리컵을 세상에 내놓았고, 킥스타터를 통해 무려 2억 원 가까이 투자를 받았다. 영국 일간지 가디언, 데일리메일과 미국 IT 매체 테크크런치, 씨넷 등이 앞다투어 스마트 생리컵을 소개하기도 했다.

1년 사이 눈에 띄게 유명해진 황 대표가 우리 앞에 모습을 드러냈다. 우리가 황 대표를 만나기로 한 것은 고민을 털어놓기 위해서라기보단 그의 이야기를 들어보고 싶었기 때문이었다. 무엇이 그를 그렇게 열정적인 사람으로 만들었는지 궁금했다.

황룡 대표는 우리에게 그동안 자신이 겪어온 일들을 찬찬히 얘기해주었다. 어떻게 사업을 시작하게 됐는지, 왜 생리컵에 관심을 두게 됐는지, 그리고 세상을 바꾸고 싶다는 생각을 하게 된 이유까지. 1년 전에 만났을 때와 똑같은 눈빛이었다.

우리는 그의 반짝이는 눈빛이 부러웠다. 두 시간 동안 긴 이야기를 마치고 나오면서 생각했다. 우리가 지금 고민하는 이유는 저렇게 눈을 빛낼 만한 일을 찾지 못해서가 아닐까? 우리는 무엇을 해야 저렇게 눈이 빛날까? 그런 일을 찾아야 했다.

대단하지 않아도

황룡 대표를 만나고 자극받은 우리는 눈이 반짝반짝 빛날, 세상을 바꿀 만큼 가치 있는 일을 찾기 위해서 눈을 크게 뜨고 귀를 쫑긋 세운 채 하루하루를 보냈다. 그럴 때쯤 미미의 전 직장 선배에게 연락이 왔다.

"요즘 뭐해요? 간만에 술이나 한잔할까요?"

얼마 전 페이스북에 올린 고민을 보고 연락한 것이다.

"네, 좋아요. 남편도 데려갈게요!"

그렇게 우리는 찬바람 불던 겨울, 강남의 한 쌀국숫집에서 선배를 만났다. 그는 우리에게 자기가 아는 사람이 한 명 더 올 거라고 했다. 함께 이야기하면 좋을 것 같은 사람이라 초대했다고 했다. 뭐 하는 사람이냐고 물었더니 의외의 대답이 돌아왔다.

"거지예요. 인터넷에 '자발적 거지'라고 치면 나올 걸요."

자발적 거지? 재미있는 닉네임이었다. 찾아보니 꽤 유명한 사람인 것 같았다. 회사에 다니다 사업을 하고, 다시 백수 생활을 하다가 어물쩍 책방을 연 사람이었다. 그냥 책방은 아니고, 술을 마시고 영화도 보며 이야기를 나눌 수 있는 작은 책방이었다. 설명을 듣다 보니 '살롱'같은 분위기가 연상됐다.

잠시 후 자발적 거지가 도착했다. 나이는 우리 또래로 보였다. 생각보다 멀끔하게 잘생겼다. 아니, 이렇게 깔끔하게 차려입은 사람을 누가 거지로 본단 말인가. 이야기를 해보니 진짜 거지라서 그런 닉네임을 붙인 것은 아니라고 했다. 배부른 돼지보단 배고픈 소크라테스가 되겠다는 생각으로 지은 이름이라고 했다. 돈이나 안정을 쫓아 무언가를 하기보다는 자신이 가치 있다고 생각하는 일을 하고 싶다고 뜻이었다.

"사업할 때는 돈도 진짜 잘 벌었죠. 그런데 그렇게 돈만 쫓다 보니 곧 무기력증이 찾아오더라고요. 내가 왜 이렇게까지 해야 하나? 결국 사업을 그만두고 한동안 백수로 지냈어요. 백수 생활하면서 깨달은 건 돈이나 성공보다 중요한 것이 훨씬 많다는 거였어요. 나처럼 생각하는 사람들이 모일 수 있는 공간을 만들고 싶었어요. 그게 내 책방입니다."

그는 자신의 책방이 세상을 바꿀 수 있다고 생각하지는 않았다. 그저 책방을 통해서 본인이 하고 싶은 걸 하면 그만이라고 했다. 사람들을 만나고, 같이 책을 읽고, 영화를 보고, 술을 마시고, 이야기를 나누는 소소한 일들 말이다.

"오늘은 책방 영업 안 하는 날인가요?"

문득 책방 영업시간이 궁금해서 물어보았다.

"오늘 두 분 만나려고 문 닫고 왔죠. 닫고 싶으면 아무 때나 문 닫고 하고 싶은 거 해요. 너무 마음대로 문을 닫으니, 요즘에는 손님들이 대신 문 열고 영업도 해주더라고요."

'퇴근길 책 한 잔'이라는 책방은 지금도 10평 남짓한 작은 공간에서 주인장이 보고 싶은 책들을 팔고, 보고 싶은 영화를 상영하고, 하고 싶은 이야기를 하며 운영되고 있다.

바둑판 위의 돌처럼

프로바둑기사에 도전하던 주인공이 꿈을 접고 회사에 입사해서 벌어지는 일을 다룬 〈미생〉이라는 웹툰은 많은 독자의 공감을 샀고, 드라마로 나오면서 대박이 났다. 그 드라마에는 다음과 같은 대사가 나온다.

우리는 아직 다 미생이다.

바둑판에는 가로 19칸, 세로 19칸 총 361개의 점이 있다. 바둑판 위에서 발생하는 경우의 수는 10의 360제곱이다. 관측 가능한 우주의 수소 원자 수가 10의 80제곱이라고 하니, 거의 무한에 가까운 숫자다.

이 시대를 살아가는 우리는 어쩌면 같은 바둑판에 모여 있는 바둑돌 같은 처지일지도 모른다. 가로세로 한 치의 흐트러짐 없이 쳐진 바둑판의 줄처럼 꽉 짜인 사회 속에서 같은 것을 배우고 추구하며 살아가는 것 같지만, 우리에게는 저마다 무한에 가까운 가능성이 있다. 바둑을 두는 사람이 신의 한 수를 찾듯 우리는 삶 속에서 우리의 눈빛을 빛나게 하고 세상을 바꿀 한 수를 꿈꾼다. 우리의 선택 하나가 신의 한 수가 될지 악수가 될지 매 순간 고민하면서 말이다.

기억하자. 정답은 없다. 우리에겐 신의 한 수도, 최악의 한 수도 없다. 세상을 바꾸겠다는 사람도, 자신을 거지라고 부르는 사람도 아직 정답을 찾았는지는 알 수 없다. 그래도 그 순간이 즐겁다면 마음껏 누리면 될 일이다.

아무도 찾지 않는 골목길 구석에도,

빛은 들어온다

걱정,
쓸모없음

.
.
.

아이디어가 떠오를 때

뚜벅뚜벅. 가로등 불빛조차 희미한 좁은 골목에서 누군가 내 발걸음에 맞춰 나를 따라오고 있다. 타다닥. 발걸음을 빨리했다. 거의 뛰다시피 집으로 향했다. 그러자 나를 따라오던 그 발걸음도 그 속도에 맞춰 뛰기 시작했다. 주변엔 아무도 없었다. 오늘따라 집에 빨리 가겠다고 으슥한 지름길을 선택한 나 자신이 원망스러웠다. 그 순간 남자친구가 위험할 때 쓰라며 휴대폰에 깔아놓은 앱이 생각났다.

"이거 켜고 버튼 누르면 나한테 자동으로 네 위치가 전송돼. 혹시라도 위험한 일이 생기면 이걸로 꼭 알려줘!"

시작은 언제나 옳다

뛰면서 가방에서 핸드폰을 꺼냈다. 잠금화면을 풀고, 목록에 들어가서 그 앱을 찾기 시작했다. 안심귀가인지 뭔지 하는 이름이었는데, 생각이 잘 안 났다. 어디 있었지?

"생각해 봐. 가방에서 핸드폰을 꺼내는데, 범인이 가만히 놔두겠어? 안 그래? 지금 나와 있는 서비스는 다 앱 기반이거든. 그래서 우리가 만들려는 서비스가 뭐냐면…."

하늘이 무너져도 솟아날 구멍이 있다고 했던가. 순간 위험할 때 쓰라며 남자친구가 사준 목걸이가 생각났다.

"위험할 때 이 목걸이에 달린 버튼을 누르면 나한테 자동으로 네 위치가 전송돼. 혹시 위험하면 이걸로 꼭 알려줘."

티 안 나게 목을 만지는 척하면서 목걸이에 있는 버튼을 세게 눌렀다. 순간 남자친구에게 위급 상황이라는 메시지와 함께 현재 위치가 전송됐다. 바로 112에 신고가 들어갔고, 마침 근처에서 순찰을 하던 경찰들이 곧장 현장으로 출동했다. 전과가 있던 범죄자는 현장에서 체포되었다.

"어때? 목걸이, 시계, 머리핀, 팔찌 등 어떤 액세서리에도 다 적용할 수 있어. 블루투스로 스마트폰과 연동되고, 버튼을 누르면 자동으로 앱에서 지정한 사람에게 현재 위치와 메시지를 전송하는 거야. 간단하지?"

우리는 새로 만들어보고 싶은 하드웨어 기반 서비스에 대해서 같이 일하는 개발자들에게 신나게 설명하고 있었다.

"괜찮은 거 같은데? 개발도 별로 안 어려울 것 같고. 해보자."

생각과 실행 사이

그렇게 우리는 위급할 때 SOS를 보낼 수 있는 웨어러블 기기를 만드는 프로젝트에 돌입했다. 어디(Where)에 있는지 알려준다(Ring)고 해서 '웨어링(Whering) 프로젝트'라고 이름 붙였다. 연이은 회의를 통해 전반적인 콘셉트를 만들었고, 최종 방향에 대한 합의점을 찾았다. 곧바로 3D 디자이너를 구해 3D모델링까지 마쳤다. 이제 하드웨어 전문가를 찾아다니며 조언을 듣고, 실제로 제작할 공장을 물색해야 할 시점이었다.

그런데 사람들을 만나서 조언을 들을수록 걱정이 됐다. 초기 제작비를 감당할 수 있을까? 투자를 못 받으면 어떻게 하지? 중국 공장에 맡겨야 할 텐데 관리가 잘 될까? 다른 업체에서 더 싼 카피 제품을 만들면 어떻게 하지? 만드는 건 그렇다 쳐도 유통은 어쩌지? 아무도 관심을 안 가지면 어떡하지? 아이디어 단계일 때는 분명 자신만만했는데, 다음 단계로 나아갈수록 점점 걱정이 늘어만 갔다. 우리는 의문점을 하나하나 따져보다가 결국 이 사업을 일단 보류하기로 했다.

그로부터 1년 정도 지났을 무렵, 크라우드펀딩 사이트에서 수십억의 투자를 받은 서비스를 보게 되었다. 그 서비스는 우리가 걱정하며 안 될 것이라 생각하고 중간에 접은 웨어링과 모든 콘셉트가 동일한 제품이었다.

우리와 똑같은 아이디어로 수십억의 투자를 유치한 것이다. 우리는 안 될 것 같아서 포기했고, 그들은 될 것이라 생각하고 끝까지 밀어붙였다. 그 결과 우리에게는 아무것도 남지 않았고, 그들은 거액의 투자를 받고 사업을 시작할 수 있었다.

성공적으로 펀딩을 받은 타사의 제품을 보는 기분은 참 씁쓸했다. 분명 훨씬 먼저 생각한 아이디어인데 왜 우리는 못 했을까? 우리가 걱정했던 부분을 그들은 전부 해결한 걸까?

'걱정이 반찬이면 상발이 무너진다'는 속담이 있다. 일어나지 않은 일에 걱정을 달고 사는 우리의 모습을 뜻한다. 물론 걱정이 꼭 나쁜 것은 아니다. 미래에 대한 걱정은 그런 일이 벌어지지 않도록 대비하게 해준다. 실제 우리의 생명을 지켜주는 안전장치나 비상 대피 수칙은 모두 미연의 사고에 대한 걱정에서 나온 것이다.

다만 우리가 피해야 할 것은 필요 이상의 걱정이다. 어차피 걱정만 한다고 바뀌지 않는다면 굳이 걱정할 필요가 없지 않은가. 유명한 말도 있지 않나.

걱정한다고 걱정이 없어지면 걱정이 없겠네.

걱정이 일상을 파고들면

세계 일주 중에 태국에 있는 코팡안이라는 섬에 간 적이 있다. 제
주도가 돌, 바람, 여자가 많은 삼다도라면 코팡안은 파티, 외국인,
스쿠터가 많은 삼다도. 어딜 가나 호주, 유럽 등지에서 온 외국
인들이 스쿠터를 타고 섬을 돌아다니며 매일매일 곳곳에서 열리
는 파티를 즐기고 있다. 게다가 우리나라 섬과 달리 열대 우림 지
역인 섬 대부분에 정글처럼 나무가 우거져 있는 모습은 묘한 분위
기를 풍긴다.

1년 내내 파티가 끊이지 않는 정글 섬이라고 하니, 섬에 들어
가는 배 안에서부터 흥분됐다. 사실 원래 여행 일정에는 코팡안이
없었다. 여행하면서 앱을 만드느라 스트레스를 많이 받던 중에 이
를 풀 수 있는 곳을 찾다가 발견한 곳이 코팡안이었다.

"이럴 때 아니면 언제 이런 곳에 가보겠어. 일주일 동안 정말
아무 걱정 없이 신나게 놀다 오자."

배를 타고 한참을 항해해 섬에 도착한 우리를 반긴 건 수많은
스쿠터 렌트 업체의 호객꾼이었다. 이 섬에는 제대로 된 교통수단

이 없기 때문에 현지인이고 관광객이고 할 것 없이 모두 스쿠터를 타고 다닌다.

"하루에 100밧, 4일 총 400밧. 여권은 나중에 오토바이 반납할 때 줄게. 여행 잘해, 굿 럭!"

가격도 저렴하다. 우리 돈 3,000원이면 하루 동안 스쿠터를 빌릴 수 있다. 다 비슷비슷해 보여서 이것저것 따져보지도 않고, 그냥 제일 커 보이는 가게에 가서 스쿠터를 빌렸다. 스쿠터 상태를 체크하고 계약서에 사인했다. 보증금 대신 여권을 맡기고 밖으로 나왔다. 각자 배낭을 메고 캐리어까지 실으니 스쿠터가 불안정했다. 아슬아슬하게 운전해서 우리가 묵기로 한 정글 속 집에 도착했다.

도착해서 짐을 풀고 숙소 근처 식당을 찾았다. 메뉴판에 적힌 음식 가격은 한국 돈으로 1,000~2,000원밖에 하지 않았다. 신이 나서 주문하고, 음식이 준비되는 동안 오랜만에 인터넷 서핑을 했다. 코팡안에서는 어떻게 놀아야 잘 놀았다고 소문이 날까. 알아보던 중 이상한 글이 눈에 띄었다.

- 최악의 코팡안 오토바이 렌트.
- 코팡안에서 절대 여권 맡기지 마세요!

뭐지? 심장이 빨리 뛰기 시작했다. 오토바이 렌트를 하면서 여권 사기를 당했다는 글이었다. 그러고 보니 스쿠터 빌릴 때 있었던 모든 일이 이상하게 느껴졌다. 계약서 사인도 너무 재촉한 것 같았고, 스쿠터 상태도 대충 확인해 준 것 같았다. 그리고 왜 여권을 맡기라고 한 걸까? 여권을 주고 온 게 실수였나?

음식이 나왔다. 하지만 의심이 들기 시작한 우리에게 밥 따위는 안중에 없었다. 오토바이 렌트 사기에 관해서 폭풍 검색을 시작했다. 생각보다 피해자가 많았다. 오토바이에 작은 흠집이라도 나면 큰돈을 요구한다고 했다. 우리가 아무리 조심히 타도, 원래 있던 흠집을 새로 생긴 것이라 우기기 때문에 속수무책이라 했다. 돈을 주지 않으면 여권을 돌려주지 않는다고도 했다. 격하게 항의를 했더니 갑자기 굉장히 무섭게 생긴 사람들이 우르르 몰려와서 협박했다는 얘기도 있었다. 이것이 오토바이 렌트 사기의 전형적인 수법이니 절대 여권을 맡기면 안 된다고 했다.

피해 사례를 보고 나니 걱정의 수준을 넘어 무서워졌다. 그냥 지금 당장 오토바이를 반납하고 여권을 받아 올까? 오토바이를 그냥 타도 되나? 바로 반납하지는 않았지만, 그 후에도 걱정은 계속됐다. 파티도 재미없고 음식도 맛이 없었다. 그냥 두렵기만 했다.

시작은 언제나 옳다

하쿠나 마타타

혹시라도 무슨 일이 생기면 이 작은 섬에서 우리를 도와줄 수 사람은 우리가 묵고 있는 숙소의 호스트뿐이라 생각했다. 당장 숙소로 가 호스트에게 모든 사정을 이야기했다.

"글쎄, 괜찮을 것 같은데. 사고만 안 내면 대부분 아무 일도 없어. 걱정하지 마. 하쿠나 마타타."

"하쿠나 마타타?"

"'걱정 마, 잘될 거야!'라는 뜻의 주문이야."

"하쿠나 마타타!"

드디어 스쿠터를 반납하는 날이 되었다. 아직 의심을 버리지 못한 우리는 혹시라도 있을 돌발 상황에 대비해서 몰래 휴대폰으로 모든 상황을 녹화하기 시작했다.

"깨끗하게 잘 썼네. 자, 여기 여권."

그런데 이게 웬일인가? 정말 묻지도 따지지도 않고 여권을 돌려주는 게 아닌가. 그 순간 허탈감이 밀려왔다. 일주일 동안 왜 걱정을 한 거지?

이 정도면 병적으로 걱정이 많다 할 수 있다. 우리는 하나부터 열까지 다 걱정투성이었다. 하지만 이런 상황이 반복되다 보니, 미리 사서 하는 걱정이 얼마나 쓸모없는지 깊이 깨닫게 되었다.

사람들이 걱정하는 일의 90%는 실제로 일어나지 않는다고 한다. 그리고 나머지 10% 역시 걱정한 만큼 심각한 건 아니라 한다. 즉 우리가 하는 걱정은 대부분 쓸모없다는 이야기다.

이 사건 이후로 우리는 걱정이 생기면 속으로 외친다. 하쿠나 마타타! 불확실한 미래를 걱정하기보단 눈앞의 현실을 즐기자.

실패를
인정하는 법

:
:
:

마지막의 마지막까지

"세계 일주를 하면서 스타트업을 하려고요. 아마 우리나라에서
처음으로 세계 일주를 하는 디지털 노마드 부부일 겁니다."

　여행을 떠나기 전 했던 인터뷰 대부분은, 우리가 여행하며 스
타트업을 하는 부부라는 데 초점이 맞춰져 있었다. 아마 단순한 세
계 일주였다면 이렇게까지 많은 사람의 관심을 끌지는 못했을 것
이다. 우리는 여행 전부터 스타트업을 준비하고 있었다. 여행 중에
도 항상 서비스를 하나라도 성공시켜야 한다는 스트레스에 시달렸
다. 론칭 전에는 좋은 서비스를 구축하기 위해, 론칭 후에는 어떻
게 하면 사람들이 많이 쓸까 고민하느라 스트레스를 받았다.

우리가 처음 기획한 에요트립은 SNS 기반 여행 정보 서비스다. SNS 쪽은 정말 자리 잡기 힘든 분야다. 어느 정도 사용자가 모여야 그들끼리 콘텐츠를 주고받으면서 자가 활성이 이루어진다. 하지만 그 수준까지 활동적인 사용자를 모으는 것 자체가 소규모 스타트업에게는 쉽지 않은 일이다. 사용자를 모으는 것이 곧 마케팅 비용으로 직결되기 때문이다. 우리는 안타깝게도 그 단계를 넘지 못했다. 소수만 쓰는 서비스가 되었고, 오류도 너무 많았다. 돈을 써서 광고라도 해야 사용자가 모일 텐데, 우리에게는 여유자금이 없었다. 게다가 한 곳에 머물러 있던 것이 아니라 투자를 받기도 어려웠다.

포기할 수밖에 없다고 생각할 무렵, 한 공고를 보게 되었다. 전 세계에서 가장 유명한 IT 콘퍼런스 테크크런치에서 창업 아이디어를 공모한다는 것이었다. 만약 우리 서비스가 결승에 오른다면 전 세계인의 이목을 끌 수 있을 테고, 홍보 자금도 마련할 수 있을 것이다. 그렇게 유명한 공모전에서 수상하는 일은 낙타가 바늘구멍을 통과하는 것만큼이나 어렵겠지만 자신이 있었다. 미미는 이미 대학생 때 테크크런치 파이널 50에 들어서 발표를 한 적이 있었는데, 지금 우리가 만든 서비스는 그 이상으로 좋다고 확신했기 때문이다.

정말 절실한 마음으로 지원서를 써서 제출하고, 열악한 환경

시작은 언제나 옳다

에서 동영상까지 촬영했다. 한 달 정도 지났을 무렵, 우리는 결과를 알려주는 이메일을 받았다. 탈락이었다. 마지막 기회라고 생각한 공모전에서 떨어지고 나니 우리는 인정하지 않을 수 없었다.

"진짜 이 서비스는 회복할 방법이 없겠구나."

처음 베타 서비스를 오픈할 때부터 이 서비스가 잘 안 될 것 같다는 느낌을 받았다. 하지만 우리는 실패를 인정할 수 없었다. 조금만 더 손보면 나아질 거라 위로하면서 실패를 받아들이지 않았다. 지금 생각해보면 어리석은 짓이었다. 차라리 실패를 빨리 인정하고 다른 서비스를 모색하거나, 그도 아니면 잠시 접어두고 여행에만 집중했어야 했다.

실패를 인정하기는 정말 쉽지 않은 일이다. 하지만 하루라도 빨리 그 실패를 인정하는 것만이 실패를 이겨낼 수 있는 유일한 길이라는 것을 그땐 잘 몰랐다.

내려놓기

어쩔 수 없이 실패를 받아들이고 나니 어딘가로 숨고 싶어졌다. 무언가를 새로 시작할 의지가 생기지 않았다. 그냥 조용한 산골로 가야겠다는 생각이 들었다. 어떤 방법으로 산골에 칩거하는 것이

좋을까 생각하다, '트러스티드 하우스 시팅'이 떠올랐다. 집주인
이 장기간 여행을 가 있는 동안 반려동물을 돌보아주는 대가로 숙
소를 제공받는 서비스다. 호주에서 6주 동안 동물을 돌봐줄 사람
을 구한다는 공고를 발견하고 바로 연락했다.

"멜버른에서 한 시간 정도 차로 가면 킬모어라는 지방이 나와
요. 우리 집은 그곳에 있어요. 마당이 7만 평 정도 되고, 강아지 세
마리가 있어요. 6주 동안 잘 부탁해요."

마당이 7만 평이라니. 마당이 크다는 걸 과장해서 얘기하는
거겠지?

"주소 보내주시면 저희가 찾아갈게요!"

"못 찾아올 거예요. 우리가 데리러 갈게요. 그래도 혹시 모르
니 집 주소는 알려줄게요."

구글 맵에 보내준 주소를 쳐보았다. 그냥 산이었다. 자세히 보
니 산 중간에 하얀 점이 하나 있었다. 확대해 보니 그게 집이었다.
설마 진짜 마당이 7만 평인 걸까? 멜버른에서 기차를 타고, 킬모
어 기차역에 내렸다. 호스트인 케빈이 우리를 기다리고 있었다.
어디든 갈 수 있게 생긴 사륜구동차를 타고 산으로 들어가기 시작
했다. 그때였다. 케빈이 갑자기 "웰컴 투 쥐라기 월드!"라고 외치
며 차의 라이트를 껐다. 가로등 하나 없는 어두운 산속에서 라이
트까지 끄다니. 겁이 나기 시작했다. 그때였다. 쉭, 쉭, 뭔가 뛰어

시작은 언제나 옳다

다니는 소리가 들렸다. 그러자 케빈이 다시 라이트를 켰다.

맙소사! 눈앞에 수십 마리의 캥거루가 뛰고 있었다. 동물원이나 가야 볼 수 있는 진짜 캥거루였다. 신기한 광경에 눈을 의심하지 않을 수 없었다. 좋은 구경거리가 사라지고도 차는 계속 달렸다. 가도 가도 끝나지 않는 산길이었다.

"케빈. 집에는 언제 도착해요?"

"네? 산 입구부터 우리 집이었어요."

알고 보니 이 산이 통째로 사유지였다. 그리고 산 중턱에 혼자 덜렁 있는 집이 바로 우리가 앞으로 6주간 지낼 집이었다. 아무도 만나지 않아도 되고 아무것도 하지 않아도 되는, 정말 숨만 쉬며 살기 좋은 곳이었다.

우리의 일과는 그야말로 신선놀음이었다. 눈 뜨고 싶을 때 일어나서 아침을 챙겨 먹고, 강아지들과 산책을 했다. 산책 후에는 커피를 마시며 마당에 놀러 온 캥거루를 구경하다가 점심 준비를 했다. 점심을 먹고 난 후에는 해먹에 누워서 낮잠을 좀 즐기거나 미뤄뒀던 드라마나 영화를 봤다. 저녁엔 호주산 소고기에 와인을 곁들인 식사를 하고 하루를 마무리했다.

그곳에 있는 동안 우리는 일은 물론이고, 사소한 생각조차 하지 않으려 했다. 일주일이 흐르고, 2주일이 흘렀다. 우리가 지금 이러고 있는 게 맞는 걸까? 이러고 있어도 되나? 처음에는 조급한 마음이 들기도 했다. 3주, 4주가 지났다. 이쯤 되니 내려놓고 지내는 게 익숙해졌다. 그동안 우리를 짓눌렀던 좌절감, 패배감이 조금씩 희미해져 갔다. 6주 차에 이르렀을 때는 배낭이 한결 가볍게 느껴졌다. 다시 여행을 하고 싶어졌다.

유실수는 어느 해가 되면 갑자기 열매 맺기를 포기한다고 한다. 병충해에 걸린 것도 아니고, 날씨가 나쁜 것도 아닌데 생산 활동을 멈춘 채 모든 활동 속도를 늦춘다고 한다. 마치 겨울잠을 자는 것처럼 말이다. 이런 현상을 '해거리'라고 부른다. 해거리가 끝난 다음 해에는 그 어느 때보다 풍성하고 실한 열매를 맺는다고 한다. 사람도 가끔은 아무것도 안 하고 쉬는 게 필요하다. 우리는 해거리를 거친 나무처럼 실패를 인정하고, 다시 무언가 시작하고 싶다는 에너지를 얻었다.

다시 시작할 수 있는 힘

우리가 만든 에요트립이라는 서비스는 망했다. 거의 1년에 걸친 기획과 개발, 디자인이 다 허사로 돌아갔다. 너무 슬펐다. 우리가 여행을 준비하면서 반드시 이루리라고 다짐했던 것이 아니었던가. 가장 신경 써서 준비한 것이 물거품이 된 순간 이 여행도 끝이라고 생각했다.

하지만 호주에서 해거리한 후 생각이 조금 달라졌다. 뭔가 아까웠다. 지인들에게 알음알음 한 홍보와 온라인 광고 외에는 제대로 영업을 해본 적이 없었다. 뭔가 해보지도 못하고 망했다는 후회를 남기지 않기 위해서 마지막으로 실제 여행자들에게 마케팅을 해보기로 했다.

남미에서 가장 먼저 도착한 도시는 페루의 리마다. 남미 대륙으로 들어오니 불편한 게 한둘이 아니었다. 일단 비행기 표가 비싸고 버스 시간도 일정치 않다 보니, 다른 지역으로 이동하기가 쉽지 않았다. 또한 다른 여행지와 달리 영어로는 의사소통이 전혀 되지 않았다. 'Yes'도 못 알아들을 정도였다.

서비스를 알리기 위해 여행객들에게 나누어줄 홍보물을 디자인하고 프린트해야 하는데 말이 통하지 않으니 인쇄소 찾기도 어려웠다. 호주에서 인쇄하는 것보다는 비용이 저렴할 거리고 막연히 생각하고 리마로 넘어온 게 후회되었다. 말이 한마디도 통하지 않는 사람들에게 손짓, 몸짓으로 인쇄하는 곳이 어디냐고 물어봤지만 알아듣지 못했다. 결국 리마 시내를 한참 돌아다니다가 문구점을 발견했다. 스페인어로 설정한 구글 번역기를 돌려 인쇄하냐고 물었더니 점원이 주소 하나를 적어 주었다. 그 주소를 묻고 물어 도착한 곳은 정말 신기하게도 우리나라의 인쇄소 같은 곳이었다. 팸플릿 디자인이 들어 있는 USB를 내밀고 출력을 요청할 때도 구글 번역기를 이용했다. 리마 인쇄소에서 팸플릿을 출력할 줄이야! 팸플릿을 손에 드니 무척 신이 났다. 벌써 마케팅에 성공한 기분이었다.

그때부터 우리는 가는 호스텔마다 매니저의 허락을 받아 로비에 팸플릿을 비치했다. 제제가 마술을 보여주기도 하고 사진도 찍어주면서 우리의 서비스를 홍보했다. 그곳에서 만난 친구들의 사진을 찍어주고 이메일 주소를 받았다. 이메일로 사진을 보낼 때 우리의 서비스 링크도 함께 걸었다.

이런 노력으로 획기적인 반전이 있었을까? 그렇지는 않았다. 서비스 결과는 여전히 실패였다. 그래도 우리는 실망하지 않았다. 결과가 실패라고 모든 게 실패인 건 아니었다. 마지막 힘을 짜내 마케팅을 하는 동안 우리는 많은 친구를 얻었다. 우리 서비스를 써보고 길게 피드백을 남겨주었던 친구, 우리 팸플릿 디자인이 자기가 좋아하는 스타일이라며 칭찬해주었던 친구, 팸플릿을 받았다는 이유만으로 같이 여행을 다니게 된 친구…. 아쉽게도 서비스는 다시 살아나지 못했지만, 우리는 친구들의 기운을 받아 다시 시작할 수 있는 용기를 얻었다. 그 덕분에 포기하지 않고 한국에서 다시 새로운 서비스를 만드는 데 도전할 수 있었다.

실패를 인정하는 것은 언제나 어렵다. 그럴 때는 우리처럼 해거리 시간을 가져보면 어떨까. 지금 마음을 쏟고 있는 것에서 한 걸음 물러나 상황을 있는 그대로 받아들이자. 해거리하다 보면 재충전이 되고, 다시 시작할 힘이 생긴다. 그때 다시 시작하면 그만이다. 기억해야 할 것은 끝이 있어야 다시 시작할 수 있다는 것, 그것뿐이다.

모든 힘을 쏟은 후에는,

때때로 겨울잠에 빠질 시간이 필요하다

5
:

때로는 좋았고,
때로는 나빴다

타인의
시선

:
:

당신에게 우리는 어떤 사람입니까?

페이스북은 어떻게 알았는지 내가 아는 사람을 콕 찍어서 추천해 준다. 오죽하면 페이스북은 이산가족도 찾아줄 거라는 우스갯소리까지 있을까. 페이스북에서 발표한 조사 내용을 보면 그 시스템의 범용성과 정확도가 얼마나 뛰어난지 알 수 있다.

　그 내용인즉 페이스북에서는 3.57명만 거치면 모든 유저와 연결될 수 있다는 것이다. 실로 놀라운 네트워크가 아닐 수 없다. 이 통계대로라면 어디 가서 '내 지인의 지인의 지인이 마크 저커버그야'라고 말해도 허세가 아니다. 그만큼 세상은 좁아지고 사람 간의 거리는 가까워졌다.

얼마 전에 우리 프로필을 보내달라는 요청을 받고, 그동안 우리가 쌓아온 이력을 정리해봤다. 그동안 대수롭지 않게 여기고 있었는데, 막상 우리의 이력을 쭉 나열해보니 꽤 그럴싸해 보였다.

EBS에서 강연도 하고, 공중파 방송에도 출연하고, 신문기사에도 여러 번 실렸으며, 전국 각지에 있는 대학교에서 강연도 했다. 새삼 '그동안 참 많은 것을 했구나' 하는 생각이 들었다. 우리가 어쩌다 이 많은 일을 하게 되었을까 돌이켜보니, 모든 것은 작은 인연으로부터 시작되었다.

디지털 노마드 포럼에 갔다가 우연히 팟캐스트 진행자를 만났고, 그의 요청으로 팟캐스트에 출연했다가 함께 진행하는 다른 진행자를 알게 되고, 그의 소개로 EBS와 서울시가 함께하는 큰 강연의 연사로 나가게 되었다. 다른 인연도 있다. 에어비앤비 담당자의 소개로 알게 된 기자가 우리 사진전에 왔고, 그 이야기를 대학 교수인 그의 부인에게 하게 되었다. 그녀는 학생들에게 우리 이야기를 들려주고 싶다고 연락을 해왔고, 그 덕분에 대학교 강단에 서게 되었다.

대수롭지 않게 여겼던 작은 인연들이 꼬리에 꼬리를 물고 연쇄작용을 일으켜 지금의 우리가 있게 된 것이다.

"우리 진짜 좋은 사람 많이 안다. 둘 다 인복은 타고났나 봐."

"그런데 우리 지인들도 우리를 좋은 사람이라고 할까? 난 그

시작은 언제나 옳다

게 진짜 궁금하네."

우리가 남들에게는 어떤 사람으로 기억될지 궁금해졌다.

"제우야, 미영아. 너희 언제 시간 되니? 내가 부탁하고 싶은 게 있는데, 간만에 얼굴도 볼 겸 만나자."

우리가 아는 사람 중에 가장 바쁘게 사는 도윤이 형에게서 연락이 왔다. 간만에 만나서 밥을 맛있게 먹고, 우리 집으로 왔다. 형은 가방에서 A4용지 꾸러미를 주섬주섬 꺼냈다.

"내가 오늘 보자고 한 건 이것 때문이야. 간단한 설문지야. 한 15분 정도면 충분할 거야. 진짜 객관적으로 써줘야 해."

설문지 첫 장에는 이렇게 쓰여 있었다.

'당신이 생각하는 김도윤은 어떤 사람입니까?'

그는 평소에는 그냥 나이만 조금 더 많은 철없는 친구 같지만, 실은 세상 누구보다 생각이 깊고 열심히 사는 사람이다. 물론 처음부터 그랬던 건 아니다. 어릴 때는 공부도 못하고, 키도 작고, 살도 쪄서 콤플렉스 덩어리였다고 한다. 그런데 어느 날, 아버지로부터 꿈도 없고 열정도 없는 아들이 부끄럽다는 말을 들었다. 그 말에 충격을 받은 도윤이 형은 자신을 바꾸겠다고 다짐했다. 그는 어떤 부분을 어떻게 고쳐야 할지 알고 싶어 무작정 주변 사람들에게 설문지를 만들어서 돌렸다.

사람들은 생각보다 객관적으로 도윤이 형을 분석해주었다. 형은 그날 이후 설문지에 적힌 단점을 고치고, 장점을 최대한 더 살리려고 노력했다. 그 결과 지금은 베스트셀러 작가가 되고, 대통령상을 받았으며, 국회에서 선정한 앞으로 나라를 이끌어갈 60인이 되었다. 지금은 10년 전 자기처럼 고민하는 어린 친구들에게 나아갈 길을 알려주는 멘토 역할을 하고 있다. 지금의 모습을 10년 전엔 과연 상상이나 할 수 있었을까.

"이걸 왜 다시 하는 거예요?"

"진짜 내가 얼마나 바뀌었는지, 지금 사람들은 나를 어떻게 보고 있는지 궁금해서. 그리고 아직도 고쳐야 할 점이 많은 것 같아서 말이야. 너희도 나중에 한 번 해봐. 무엇이든 시작하려면 먼저 내가 누군지 알아야 하지 않겠어?"

자신을 찾아가는 과정

맞는 말이다. 적을 알고 나를 알면 백전백승이라지만, 우리는 적만 알지 정작 나를 잘 모르고 있다. 도윤이 형의 설문지에서 영감을 얻은 우리는 다른 사람들에게 우리에 관해 물어봐야겠다는 생각을 하게 되었다.

처음에는 도윤이 형처럼 설문지를 작성해서 사람들에게 돌릴

시작은 언제나 옳다

까 했지만, 정확도를 높이기 위해서 조금 다른 방법을 써보기로 했다. 정량적인 분석보다는 정성적인 부분에 대해서 알고 싶었기 때문이다. 그래서 사람들을 만날 때마다 우리에 대해 어떻게 생각하는지 직접 물어봤다. 은근슬쩍 면담 조사를 한 것이다. 대부분 비슷한 대답이 나오지 않을까 걱정했는데, 막상 이야기를 들어보니 처한 상황에 따라 다른 답을 내놓았다.

회사에 다니는 사람들은 대체로 이렇게 말했다.

너희는 정말 자유로운 영혼인 것 같아. 미래 걱정 없이 하고 싶은 것 하면서 살고 말이야. 부럽긴 하지만, 어쩔 땐 걱정이 되기도 해.

공부하거나 예술에 종사하면서 비교적 자유롭게 사는 친구들은 이렇게 말했다.

너희는 생각보다 안정을 추구하는 것 같아. 무엇을 하든 항상 현재와 미래를 다 염두에 두고 있는 것 같더라고.

엇갈린 의견을 듣고 놀랄 수밖에 없었다. 실제로 우리는 자유와 안정 사이에서 갈팡질팡하고 있었다.

회사에 다닐 때는 매일같이 틀에 박힌 생활을 하는 게 너무 싫었다. 미래도 항상 오늘과 같다면 참을 수 없을 것 같았다. 우리에게는 차라리 히피 같은 삶이 어울린다고 생각하기도 했다. 그러다 발리를 여행할 때 히피들의 숙소에서 머문 적이 있었다. 파머스야드라는 이름의 이 공간은 서핑과 음악을 사랑하는 발리의 젊은 히피와 서양에서 온 친구가 커뮤니티를 지향하며 만든 곳이었다.

이곳 사람들이 살아가는 방식은 바깥세상과 사뭇 달랐다. 처음 도착해서 보니 사람들이 모두 주방처럼 보이는 공동 공간에서 저마다 자리를 차지하고 있었다. 누군가는 기타를 치고 있고, 누군가는 맥북을 하고 있었다. 또 누군가는 무언가를 먹고 있었다. 그중 하나가 우리를 쳐다보며 반갑게 손을 흔들었다.

"여긴 자유로운 공간이야. 아무것도 신경 쓰지 않아도 돼. 뭐든 하고 싶은 대로 해."

실제로 그곳은 자유 그 자체였다. 밥을 먹고 수다를 떨다가, 갑자기 기타를 잡고 노래를 불렀다. 누군가가 거기에 맞춰 젬베를 쳤다. 그러다가 곧 피곤하다며 옆에 있던 해먹 위로 올라갔다. 또 누군가는 서핑하러 가겠다며 집 근처 해변으로 나갔다. 이들에게 정해진 것은 아무것도 없었다. 심지어 밥을 먹는 시간도 제각각이었다. 처음 이곳에서 우리를 반겨준 보니에게 돈은 어떻게 버는지 물어보았다.

"가끔 해변에서 버스킹하거나 서핑을 가르쳐주고 돈을 받아.

그 정도면 충분히 놀고먹으며 지낼 수 있어. 여기 있는 호주 애들은 자기 나라에서 나오는 실업 수당으로 지내고 있어. 돈이 많을 필요가 없지. 우린 히피잖아."

실제 히피들을 만나보니 그들의 한도 없는 자유로움이 우리에겐 부담스러웠다. 그곳에 있으면서 깨달았다. 우린 절대 히피가 될 수는 없다고. 오늘의 행복이 우리 목표이긴 하지만, 그걸 위해 내일의 행복을 끌어 쓰진 않는다. 이게 우리가 추구하는 자유의 마지노선이었다.

자유로운 삶과 안정적인 삶을 모두 경험해보고 각각의 단맛과 쓴맛을 모두 느껴본 결과, 우리는 언제나 늘 그 중간쯤에 있었다. 그 사실을 있는 그대로 인정하기로 했다. 우리의 정체성은 안정과 자유 사이 어디쯤 있다고.

요즘 새롭게 서비스를 준비하고 있다. 기존에 하던 모든 걸 접어두고, 새로운 이름으로 사업지 등록을 했다. 우리의 아이덴티티를 최대한 담아내고 싶어서 이름을 새로 지었다.

"히플(hipple) 어때? 히피와 피플을 합친 거야. 우리는 항상 그 중간쯤에 있으니까."

그래, 우리는 히플이다.

오늘 행복하고 싶다

그러나 오늘의 행복을 위해

내일의 행복을 끌어 쓰지는 않을 것이다

규칙은 누가
정한 걸까

.
.
.

가이드라인을 따르지 않길 잘했어

"30년 됐지만, 이 정도면 깨끗한 아파트예요. 이곳은 나중에 재개
발될지도 모르니 꼭 사야 해요! 이 가격에 이만한 아파트 없어요.
지금이 기회예요."

　결혼할 때 금전적, 정신적으로 가장 부담스러운 부분이 집을
장만하는 것이다. 우리도 결혼식을 앞두고 어디에 어떤 보금자리
를 마련할지 고민했다. 둘 다 서울에 연고가 없기 때문에 딱히 선
호하는 동네는 없었다. 그래서 일단은 회사에서 가까운 동네에서
찾아보기로 했다. 자연스럽게 미미가 자취하던 성산동 근처에서
집을 알아보았다. 성산동은 홍대에서 걸어서 15분이면 닿을 수 있

　　　　　　　시작은 언제나 옳다

는 거리인 데다 홍제천이 흐르고 있어 주변 환경도 나쁘지 않았다.

우리에게는 회사에 다니며 악착같이 모은 약간의 종잣돈이 있었다. 하지만 집을 구하려면 전세든 매매든 대출을 받아야만 하는 상황이었다. 우리가 가진 돈만으로는 원룸 수준의 집밖에 얻을 수 없었다.

주변에서는 대출을 끼고 아파트를 사라고 부추겼다. 작고 낡은 아파트라도 일단 사 두면 오를 것이라 했다. 하지만 우리는 별로 내키지 않았다. 언제 오를지도 모를 작고 낡은 집에 큰돈을 투자하는 것도 그렇고, 어차피 우리가 살 집인데 집값이 오르고 내리는 것이 뭐가 중요한가 하는 생각이 들기도 했다. 무엇보다 우리는 아파트보다 단독주택이 더 좋았다. 그래서 아파트와 비슷한 가격의 단독 주택을 알아보기 시작했다. 낡은 단독주택을 사서 리모델링하면 될 것 같았다.

하지만 현실은 냉정했다. 우리가 가진 돈으로는 원하는 단독주택을 살 수 없었다. 그래도 아파트는 대출을 많이 받을 수 있어서 적은 돈으로도 매매할 수 있지만, 단독주택은 대출이 거의 나오지 않았다. 그래도 우리는 포기하지 않았다. 대한민국의 모든 신혼부부가 꼭 아파트에 살 필요는 없지 않은가?

"저희는 다른 건 필요 없고, 정원만 있으면 돼요. 작은 정원이라도 좋으니 꼭 부탁드려요."

찾아가는 부동산마다 단단히 일러두었다. 어차피 매매가 어렵다면 전세라도 꼭 정원이 있는 집을 찾고 싶었다. 사실 급할 것도 없었다. 결혼식 할 때까지 집을 못 구하면 미미의 자취방에서 살면 될 노릇이었다.

그러던 중 한 부동산에서 연락이 왔다. 자그마한 정원이 있는 빌라가 매매로 나왔다고 했다. 우리는 가진 돈이 많지 않았기 때문에 매매할 생각이 없었다. 굳이 대출까지 하면서 집을 사고 싶진 않았다. 게다가 빌라였다. 빌라는 사자마자 가격이 내려간다는 이야기를 귀에 못이 박이도록 들었다. 그래서 아예 매물을 보러 가지도 않으려고 했다. 하지만 부동산 실장님의 끈질긴 설득에 그냥 한번 둘러보고 오자는 마음으로 집을 보러 갔다.

그런데 이게 웬일인가. 집이 무척 예뻤다. 빨간 벽돌집이었는데 전용 주차 공간도 있었다. 그리고 가장 마음을 뺏긴 곳은 정원이었다. 1층 베란다 앞 작은 정원은 잘 꾸미면 카페 같은 분위기를 낼 수 있을 것 같았다. 우리는 보자마자 그 집에 반했고, 결국 빌라를 사기로 했다.

빌라의 가격은 매우 비싼 편이었다. 낡은 아파트보다 조금 저렴한 수준이었기 때문에 대출이란 대출은 다 끌어모아야 했다. 그래도 너무 사고 싶었다. 주변에 빌라를 사려고 한다는 말을 하자마자 반대하는 의견이 대다수였다. 절대로 빌라는 사지 말라고.

아무리 예뻐도 절대로 사면 안 된다고 말했다. 그런 말을 들을수록 청개구리 기질이 발휘되었다. 우리나라 법에 빌라를 사면 안 된다는 규정이 있나? 가격 내려가면 또 어때? 여기서 평생 살면 되지!

우리는 한눈에 반한 빌라를 덜컥 사버렸다. 드디어 우리 집이 생긴 것이다. 우리 집이니 누구 눈치도 보지 않고 마음대로 꾸밀 수 있었다. 벽의 도배지를 뜯고, 페인트를 칠했다. 정원에 인공 잔디를 깔고, 차양을 설치하기도 했다. 카페 분위기가 물씬 나는 집으로 변모했다. 홍대든 신촌이든, 어디든 10분이면 갈 수 있는 좋은 위치는 덤이었다. 우리 집에 놀러 와본 사람이면 누구나 "집 정말 잘 샀다"며 부러워했다. 집을 사는 데 가이드라인이란 게 어디 있나? 내가 정말 살고 싶은 집에 사는 게 정답 아닐까?

그 후 1년 정도가 지난 뒤 집을 팔아야 했다. 그 빌라에서 더는 공유 숙박을 할 수 없게 되었기 때문이다. 과연 집값이 내려갔을까? 아니다. 크게 이익을 남긴 것은 아니지만, 집이 예뻐서 우리가 원하는 가격에 팔 수 있었다. 집의 가치는 집주인의 노력에 따라 얼마든지 바뀔 수 있다. 우리는 가이드라인에 따라 전세 아파트에 들어갔다면 결코 느낄 수 없었을 행복을 그 집에서 누릴 수 있었다.

각자 다른 삶의 방향

많은 사람이 누가 만들었는지도 모를 가이드라인에 맞춰서 성실하게 살고 있다. 초·중·고등학교를 다닌다. 수능을 본다. 수능 점수에 맞춰 대학에 간다. 스펙을 쌓는다. 취업한다. 결혼한다. 아이를 가진다…. 이 모든 과정에는 알맞은 연령대가 있다. 직징취업 연령, 결혼적령기 등. 많은 사람이 다 정해진 단계를 밟으며 살아가고 있다.

우리는 왜 이러한 가이드라인에 맞춰 살까? 가끔 그런 생각을 한다. 우리는 지금 고속도로를 달리는 차와 같은 신세가 아닐까? 많은 차가 한꺼번에 고속도로에 몰리면 길이 막힌다. 그럴 때는 차라리 국도로 가는 것이 나을지도 모른다. 막히는 데도 계속 고속도로를 타고 가다 보면, 수많은 경쟁자의 눈치를 보거나 싸움을 벌이며 가다 서기를 반복해야 한다. 가끔 전용차선을 달리는 버스가 비웃듯 앞질러 갈 것이다.

그에 비교해 국도는 밀리는지 안 밀리는지, 길이 있는지 없는지 알 수 없다. 교통량이 적다 보니 비교할 대상도 적다. 그래서 경쟁하거나 질투할 일도 없다. 오히려 같은 길을 가는 사람끼리 묘한 연대감을 느끼기도 한다.

사회심리학 박사 허태균 교수는 요즘 사회에 중요한 것은 속도보다는 방향이라고 한다. 모든 사람이 일직선으로 달리면 그 안에서 1등도 생기고 낙오자도 생긴다. 서로 경쟁하고 비교하게 된다. 하지만 여러 방향으로 달리면 1등을 정할 수 없다. 그렇게 되면 지금처럼 경쟁적인 사회가 아닌, 다양성을 존중하는 사회가 될 수 있다고 한다.

예전에 우리나라 사람들은 해외여행을 갈 때 대부분 패키지로 갔다. 여행에 대한 정보를 얻기 어렵던 시절에는 패키지로 가는 것이 편하고 저렴했기 때문이다. 하지만 요즘에는 자유 여행을 하는 사람이 늘어났다. 본인이 직접 모든 것을 계획하는 수고로움을 감수해야 하지만 원하는 대로 여행을 할 수 있다는 매력이 더 크기 때문이다.

하물며 여행도 이렇게 다양한 방법으로 떠나는데, 인생을 짜인 패키지로만 산다는 게 과연 옳은 일일까? 어떤 방식이 옳거나 그르다고 말하는 것이 아니다. 단지 다양한 방식이 있다는 것을 알아야 한다는 말이다. 가이드라인은 말 그대로 가이드라인일 뿐이다. 인생에 꼭 해야 하는 건 없다. 누구도 똑같이 살아야 한다고 강요할 수는 없다. 정해진 방식대로 살지 않는다고 낙오한 인생이 되는 것도 아니다. 고속도로가 막히면 국도로 나오자! 국도도 막히면 그냥 차를 버리고 함께 걸어보자.

세상의 정답에
주눅 들지 마라
.
.
.

참견 속에서 중심 잡기

"내가 애를 이렇게 키운다고 하니 주변에서 다들 뭐라고 그러는 거 있지. 그렇게 키우면 안 된다나 어쨌다나."

"아니 왜 주변에서 뭐라 그런데요?"

"그러게 말이야. 암튼 너희도 제대로 살려면 주변에 휘둘리지 말아야 해."

은미 누나는 그동안 어떻게 아이들을 키웠는지 들려주었다. 영국에 있는 누나네 집을 찾은 지는 며칠 되지 않았다. 은미 누나는 우리와 친한 누나의 친구다. 일면식도 없는 우리를 친한 친구의 지인이란 이유만으로 재워주기로 했다. 언제나 예산이 빠듯한 세계 일주 여행자에게 숙소 제공은 세상 무엇보다 소중하고 감사한 일이다.

캐나다 형님과 결혼한 은미 누나는 처음에는 한국에서 살면서 아이 둘을 낳아 키우다가, 이곳 영국 맨체스터로 이민을 왔다고 한다. 은미 누나네 아이들은 우리가 이제껏 본 아이 중 가장 예쁘고 똑똑했다. 육아에 관심이 많았던 우리는 누나에게 아이들을 어쩜 이렇게 예쁘고 똑똑하게 키웠냐고 물어보았다.

은미 누나네의 교육 방식은 간단했다. 그 나잇대에 맞는, 아이가 하고 싶어 하는, 강제가 아닌, 획일적이지 않은 교육을 추구했다. 학교 입학 전에는 학원을 보내지도, 한글을 가르치지도 않았다. 공부는 어차피 학교에 입학하면 지겹게 할 것이기 때문에 어릴 때는 밖에서 신나게 뛰어놀게 했다. 아빠를 닮아 아이스하키를 좋아하는 아이들은 아빠와 아이스하키를 하면서 놀았다. 그림을 그리고 싶다고 하면 미술학원을 보내는 게 아니라 집에서 아무거나 자유롭게 그리도록 했다. 단 한 가지 꼭 지켜야 하는 규칙이 있다면 저녁 여덟 시에는 무조건 침대에 누워서 자야 한다는 것이다.

"정말 저희가 하고 싶은 교육 방식이에요!"

"그런데 한국에서는 그게 쉽지 않더라고."

초등학교에 입학하니 다른 아이들은 모두 한글을 미리 공부하고 들어왔다고 했다. 선생님도 그걸 당연하게 여겨서 입학하자마자 매일 받아쓰기 시험을 쳤다. 누나네 아이로서는 당황스러운 게 당연했다. 아이가 받아쓰기에서 매일 0점을 받으니까 선생님에게 연락이 왔다.

"한글 배우기는 초등학교 1학년 정규 과정에 있는 거잖아요. 그걸 입학 전에 먼저 배우고 오지 않은 게 잘못은 아니라고 생각해요."

선생님과 상담 끝에 누나네 아이는 시험을 안 보기로 했다. 그게 끝이 아니었다. 학교에 가면 숙제를 내줬다. 요즘 초등학교 숙제는 우리가 초등학교 다닐 때와는 비교도 안 되게 많다고 한다. 심지어 숙제의 난이도가 혼자 할 수 있는 수준이 아니어서 꼭 엄마가 함께 해줘야 했다. 그렇게 숙제를 다 하고 나면 밤 열한 시가 넘었다. 한참 성장해야 할 여덟 살 어린아이에게 일정 시간 이상의 수면은 절대적으로 중요하다. 누나는 다시 선생님과 의논해서 할 수 있는 만큼만 숙제해가기로 했단다.

그랬더니 다른 학부모들이 난리를 피우기 시작했다. 아이 그렇게 키우면 안 된다나 어쨌다나. 누나는 본인이 옳다고 생각하는 것을 끝까지 밀고 나가기 위해 주변의 따가운 시선과 싸워야만 했다. 지금에야 웃으면서 이야기하지만, 그때 당시 얼마나 힘들었을지는 안 봐도 뻔했다.

우리가 사회의 가이드라인을 벗어났을 때도 주변의 충고와 간

섭이 쏟아졌다. 한마디로 그렇게 살면 안 된다는 것이다.

"주변 사람의 말에 흔들리지 않으려면 어떻게 해야 해요?"

"어떻게 하긴. 허벅지를 꼬집어서라도 정신 차려야지. 네가 정신 차리지 않으면 안 돼."

허벅지를 조심스럽게 꼬집어보았다. 허벅지가 아니라 마음이 아팠다.

내 옆의 세 사람만 설득한다면

"야, 재민아! 일로 와서 이거 묵으라. 엄청 맛있네."

아르헨티나 멘도사의 한 호스텔 주방 한쪽에서 한국 사람의 말소리가 들렸다. 오랜만에 듣는 한국말에 반가움이 앞섰다. 먼저 말이나 걸어볼까 싶어 슬쩍 쳐다봤다. 그쪽도 우리가 한국 사람인지 확인하려는 듯 슬쩍 쳐다봤다. 눈이 마주친 우리들은 멋쩍게 웃었다.

"한국 분이세요?"

"네. 저희 저녁 먹는데 같이 드실래요?"

우리는 자연스럽게 같은 테이블에 앉아 밥을 먹고 이야기를 나누게 되었다. 이런 게 또 여행의 묘미가 아니겠는가. 서로 통성

명을 했다. 그쪽 일행은 나이 차이가 꽤 나 보여서 처음에는 삼촌과 조카가 여행을 온 줄 알았다. 알고 봤더니 대학교 농구부 선후배 사이란다. 우리에게 먼저 밥 같이 먹자고 말한 성격 좋아 보이는 형님은 농구뿐만 아니라 모든 운동을 거의 중독 수준으로 좋아하는 사람이었다.

우리는 그 형님을 '과장님'이라 불렀다. 생김새나 말투, 개그 욕심까지 어느 회사에나 있을 법한 과장 같았기 때문이다. 과장님과 재민이, 그리고 우리 둘 이렇게 네 명은 마치 오래 알고 지낸 사이처럼 웃고 떠들었다.

이 얘기 저 얘기 온갖 얘기를 다 하다 보니, 나중에는 우리나라 사회 문제까지 주제로 삼았다. 그때는 우리나라가 사회적, 정치적으로 매우 혼란한 시기였다. 도저히 해결하기 어려울 것 같은 문제가 산적해 있었다. 우리는 이런 사회적 문제에 대해 조금은 비관적인 태도를 취하고 있었다. 이미 돌이키기에는 너무 많이 와 버렸다고 생각했기 때문이다. 문제를 찾아내고 고치려는 사람들이 있기는 하지만, 그 사람들만으로는 세상을 바꿀 수 없다고 생각했다. 그때 과장님이 이런 말을 했다.

"우리가 세상을 바꾸기는 어렵지요. 그냥 우리 옆에 있는 세 명만 바꿔봅시다. 내 주변 사람을 바꾸는 것도 쉬운 일은 아니에요. 그러니까 평생 노력해서 딱 세 명만 바꿉시다. 그 세 명이 세

명씩 바꾸면 아홉 명이 바뀌겠죠. 아홉 명이 스물 일곱 명이 되고, 그런 식으로 점점 바뀌다 보면 언젠가는 세상이 올바르게 변해 있지 않을까요?"

아니 이게 무슨 아름답기만 한 발상인가? 물론 그렇게 되면 좋지. 그런데 현실이 그렇지 않다는 것쯤은 알 나이가 아닌가? 나는 속으로 과장님의 말을 순진한 소망쯤으로 치부해버렸다.

"나는 그렇게 될 수 있다고 믿습니다."

그 눈빛을 보니 진심이었다. 반쯤 풀린 눈으로 '아재 개그'를 할 때의 눈빛이 아니었다. 그렇게 될 수 있다고 믿는다며 힘주어 말할 때는 눈이 별처럼 빛나고 있었다. 그 단단한 믿음에 우리의 회의가 순식간에 사라졌다. 이런 믿음을 가지고 있는 사람이 있다면 바뀔 수 있을 것도 같았다.

여담이지만 그 후에도 과장님과 재민이를 무려 여섯 번이나 더 만났다. 부에노스아이레스에서는 집을 하나 통째로 빌려서 함께 머물기도 했고, 같이 여행을 다니기도 했다. 리우 삼바 페스티벌에서도 만나 같이 축제를 즐기기도 했다. 정말 끈끈한 인연이었다.

"과장님, 지금도 어딘가에서 열심히 다른 사람의 생각을 바꾸고 있겠죠? 우리도 이젠 알았습니다. 믿음은 전파될 수 있다는 걸요."

중심을 단단히 잡으면

절벽에서도 흔들리지 않는다

일단 저지르는 것도
방법이다
:
:

상상하는 순간 시작된다

"여긴 어디야? 사진이 너무 멋있어!"

"너희가 사진전을 한다면 난 꼭 갈 거야."

한 도시의 여행이 끝날 때 즈음, 우리는 SNS에 그 도시의 사진을 올리곤 했다. 우리가 찍은 사진을 보기 위해 기다리는 팬이 생길 정도로 나름 인기였다. 우리가 올린 사진이 사람들에게 작게나마 영감을 준다는 것이 기분 좋았다. 아무도 시키지 않았지만 우리는 1년간 꾸준히 사진을 올렸다. 그러다 보니 조금 궁금해졌다. '정말 사람들이 우리 사진을 좋아하는 걸까? 그렇다면 사진전을 해보면 어떨까?'라는 생각이 들었다.

일단 아이디어가 떠오르면 저지르고 보는 성격인지라 여행 끝에 이르러 사진전을 기획했다. 단 한 번도 전시회를 해본 적 없었지만, 그래서 더 호기롭게 도전해보기로 했다. 우리 같은 아마추어가 사진전을 여는 것은 흔한 일이 아니었다. 웹 서핑을 해봐도 사례를 찾기 어려웠다. 주변 사람에게 아는 작가를 소개받아 전시회를 준비하는 데 필요한 사항에 대해 조언을 구했다. 보통 전시회를 하려면 먼저 콘셉트를 정하고, 전시할 장소를 찾아보아야 한다. 하지만 우리는 그럴 상황이 아니었다.

우리는 먼저 돈이 많이 들 수도 있는 사진전을 할지 말지 결정해야 했다. 우리가 사진전을 하면 대중이 관심을 가질까? 그래서 생각해낸 것이 크라우드펀딩이다. 크라우드펀딩이란 웹 사이트를 통해 다수의 후원자로부터 기금을 모금해 프로젝트 비용을 충당하는 것을 말한다. 이를 통해 목표한 금액을 모을 수 있다면 비용 충당은 물론이고, 대중의 관심도 확인할 수 있기에 일거양득이라 할 수 있다.

사이트에 올릴 사진전의 주제와 우리가 하고 싶은 이야기, 후원자 혜택을 정리하는 데 꼬박 일주일이 걸렸다. 약간의 홍보 영상도 편집했다. 크라우드펀딩 사이트에 올린 후 우리가 항상 사진을 올리던 SNS에도 홍보했다. 우리의 목표 금액은 200만 원이었다. 이 금액이 모이면 사진전을 시도하고, 모이지 않으면 포기하기로 했다.

글을 올린 후 노트북을 덮고 다른 도시로 이동했다. 이동 중에는 인터넷이 안 되기 때문에 다음 도시에 도착할 때까지 얼마나 모금됐는지 알 수 없었다. 세 시간 정도가 지났을까. 다음 도시에 도착해서 짐을 풀고 모금액을 확인했다. 그런데 이게 어떻게 된 일인가? 모금액이 이미 200만 원을 넘어 있었다. 적게는 5,000원부터 많게는 10만 원 이상을 후원한 사람까지. 사진전을 기다린다는 응원 메시지도 엄청나게 달려 있었다. 단순히 SNS에서 습관적으로 '좋아요'를 누르는 것이 아니라 우리의 사진을 유심히 보고 진지하게 공감하는 사람들이 이렇게나 많았다니. 정말 감사하고 행복했다.

총 모금액은 440만 원이었다. 여러 사람의 분에 넘치는 성원 덕분에 우리는 한국에서 프로젝트 사진전을 열 수 있게 되었다. 생각만 해도 가슴 두근거리는 일이었다. 또 다른 시작이었다.

누구나 처음은 있다

"죄송합니다. 우리 갤러리는 신인 작가에게 대관하지 않아서요. 다른 곳을 알아보셔야 할 것 같습니다."

시작은 언제나 옳다

"아마추어 신인 작가의 개인 전시는 힘들고요. 나중에 신인 작가 공동 전시가 있는데, 그때 지원해보는 게 어떨까요?"

"저희는 이미 1년 치 예약이 끝났는데요."

여행을 끝내고 한국에 들어오자마자 적응할 시간도 없이 전시장을 찾아야만 했다. 후원자들과 약속한 날까지는 약 2개월의 시간밖에 없었다. 처음에는 갤러리형 카페를 빌려서 하루, 이틀 정도 전시회를 할까 생각했다. 찾아보니 서울에 갤러리형 카페가 많았다.

그런데 막상 카페에 가보면 작품을 보러 오는 사람은 거의 없었다. 작품은 그냥 인테리어가 되고, 일반 카페처럼 손님과 커피가 주인공이었다. 인생을 살면서 처음이자 마지막 전시일지도 모르는데, 우리의 사진이 들러리가 되게 하고 싶지는 않았다. 그럴 바에는 차라리 제대로 된 갤러리에서 전시해보는 건 어떨까? 그때부터 서울 곳곳의 갤러리를 돌아다니기 시작했다.

우리의 사진전은 콘셉트가 꽤 뚜렷한 전시로, 영상전도 함께 하고 싶었다. 빛이 잘 들어오는 전시실과 암막으로 이루어진 전시실을 모두 갖춘 제법 큰 규모의 갤러리가 필요했다. 하지만 아마추어 작가에게 이런 공간을 내줄 갤러리는 찾기 어려웠다.

여러 갤러리의 문을 두드렸으나 모두 고개를 절레절레 흔들었다. 큰 갤러리들은 대부분 이미 연간 계획이 세워져 있었고, 아마추어에겐 기회를 주지 않았다. 간혹 스케줄이 비어 있어도 대관 비용이 어마어마하거나, 우리가 원하는 콘셉트대로 공간을 변경할 수 없다고 했다. 우리가 너무 아무것도 모르고 덤볐다. 그제야 왜 많은 아마추어 작가가 갤러리형 카페에서 전시하는지 이해가 됐다.

꼬박 한 달 동안 돌아다니며 거절만 당하다 보니 어느 순간부터는 오기가 생겼다. 어떻게든 적합한 갤러리를 찾아서 사진전을 멋지게 성공시키겠다고 다짐했다. 그러던 중 우연히 실험적인 전시로 유명한 문래동의 갤러리 '대안공간 이포'를 알게 되었다. 인터넷을 뒤져 대표의 전화번호를 찾아 전화했다. 잠이 덜 깬 걸걸한 목소리가 전화를 받았다.

"제 전화번호는 어떻게 아셨어요?"

"네, 사장님. 인터넷에서 찾았어요."

"저 사장 아닙니다. 작가예요. 내일 점심쯤 와볼래요?"

"내일이요? 네! 내일 뵐게요."

전화번호 출처를 다그치고, 사장님이라는 호칭에 정색하는 태도에 전화하는 내내 무서웠다. '직접 만나서 심하게 거절당하면 어떡하지? 그냥 가지 말까?' 하는 생각이 머리를 떠나지 않았다. 다음 날 아침까지도 갈까 말까 고민했다. 그냥 갤러리 카페에서 소소하게 하면 되는데…. 카페에서는 거절하기는커녕 언제부터 하느냐고 적극적으로 물어왔다. 하지만 이제껏 고생한 걸 생각하면 이대로 물러날 수 없었다. 한두 번 거절당한 것도 아닌데, 한 번 더 거절당한다고 달라질 건 없었다. 결국 마음을 단단히 먹고 사진을 노트북에 정리해서 갤러리로 향했다.

갤러리에 도착해 작가에게 전화했다. 그는 갤러리 안쪽 방에서 부스스한 얼굴로 나왔다. 어제 과음을 한 모양이었다. 상상했던 것보다 더욱 사납게 생긴 외모였다. 떨리는 마음을 가다듬고 사진영상전 콘셉트를 열심히 설명했다. 그리고 우리의 사진과 영상을 보여줬다. 처음에는 멀찌감치 떨어져 얘기를 듣던 작가가 점점 우리 쪽으로 가까이 와 사진을 유심히 보면서 경청하기 시작했다.

"추석 전 2주 정도 갤러리가 비는데, 그때 하면 되겠네요."

"정말요? 정말 여기서 해도 돼요?"

"좋은 전시가 될 것 같아요. 기대 많이 할게요."

드디어 우리가 그토록 찾던 전시장을 구한 것이다. 크게 기대 않고 왔는데 흔쾌히 승낙을 해주니 얼떨떨하면서도 기뻤다. 비록 엄청 멋지고 세련된 공간은 아니지만, 날것 느낌이 살아 있는 우리 사진을 전시하기에는 적당한 공간이었다. 이제 우리 생각대로 꾸밀 수 있는 전시장이 생긴 것이다.

방법을 찾아서

전시장을 찾은 후에는 사진전 준비가 일사천리로 진행됐다. 전시를 위해 고르고 또 고른 사진을 주제에 맞게 배치하기 위해 머리를 쥐어 짜냈다. 우리가 대관한 전시장은 두 개의 공간으로 이루어져 있었다. 전시장의 크기를 잰 후 PPT로 설계도를 그리고, 우리의 콘셉트에 맞게 사진과 빔프로젝터 배치를 고민했다.

우리는 사진을 통해 일상과 여행의 모호한 경계에 관해 이야기하고자 했다. 아침부터 저녁까지의 시간에 빗대어 사진을 배치해 '1년의 여행이 마치 하루 같았다'는 우리의 마음을 표현하고 싶었다. 장기 여행을 하게 되면 확실히 관광하고 있다는 생각보다는 일상을 살고 있다는 생각이 든다. 매일 먹을 것과 새로 잠잘 곳을 걱정하게 된다. 말 그대로 의식주에 신경 쓰게 되는 것이다. 단기 여행이나 관광할 때는 좋은 것을 먹고, 좋은 곳에서 자기 때문에 의식주에 신경 쓰지 않고 새로운 것에만 집중할 수 있다. 하지만 장기 여행은 새로운 것을 접하는 즐거움보다는 오늘의 의식주가 줬던 만족도에 따라 행복의 정도가 달라진다. 장기 여행자의 그런 소소한 마음을 표현하고 싶었다.

사진은 캔버스 혹은 액자에 담았다. 종이마다 질이 다르고 두께도 달랐기 때문에 아마추어로서는 사진을 출력하는 일도 만만치 않았다. 물어물어 충무로 인쇄 거리까지 갔다. 하지만 대량 인쇄를 하는 곳만 보이고, 우리가 찾는 사진 인쇄소는 눈에 띄지 않았다. 근처에 있는 액자 가게 아저씨를 붙잡고 사정을 설명한 끝에 간신히 인쇄소를 찾았다. 인쇄소에서도 바쁜 사장님을 붙잡고 어떻게 출력해야 하는지, 어떻게 주문해야 하는지 일일이 물어봤다. 전공자들은 쉽게 해결할 문제를 우리는 돌고 돌아서 힘들게 하나씩 해결하고 있었다.

영상 전시 준비에는 더 큰 난관이 기다리고 있었다. 최초 기획은 우리 집 거실을 전시회장에 똑같이 재현한 후 각각의 오브제에 우리가 편집한 영상을 투영하는 것이었다. 예를 들어 물병 안에는 우리가 수영하고 있는 모습, 고양이 집 지붕 위에는 우리가 만났던 동물의 모습, 식탁 위에는 우리가 먹고 마신 것을 비추는 것이다. 전 세계를 돌아다니며 먹고, 마시고, 경험했지만 이 모든 것이 우리 집 거실에서 우리가 했던 일과 별반 다를 것이 없었다는 메시지를 전달하고 싶었다.

이를 위해 실제 거실에 있는 소파, 기타, 식탁 등 가재도구를 모두 전시회장으로 옮겨야 했다. 엘리베이터 없이 3층까지 이어지는 전시장이었기에 둘이서 낑낑대며 가구를 옮겼다. 그게 끝이 아니었다. 영상을 상영해줄 소형 빔을 구해야 했다. 소형 빔프로젝터는 꽤 값이 나가는 물건이다. 예전에 다니던 회사에서 선물로 받은 소형 빔프로젝터가 기억났다. 몇몇 친한 동기들과 사진전에 후원한 친구들에게 부탁해 소형 빔프로젝터를 열 다섯 개나 빌릴 수 있었다.

전시회 하나 하는데 이렇게 복잡하다니. 너무 힘들어서 준비하는 내내 눈물이 날 정도였다. 이렇게 한다고 누가 알아주기나 할까? 내가 정말 사진작가의 길을 갈 수 있을까? 이거 대체 왜 시작한 거지? 하루에도 열두 번씩 우리가 하는 일에 회의를 느꼈다. 그때마다 크라우드펀딩에서 우리를 지지해준 후원자들을 생각하며 버텼다.

그래, 적어도 100여 명은 우리 사진전을 후원해줬으니 그들은 전시를 보러 오겠지. 우리는 그들을 위해서라도 멋진 전시를 준비해야 해.

새로운 문이 열리다

전시회 전날까지 전시장에서 밤을 새웠다. 9월이었는데 왜 이렇게 날은 더운지. 에어컨도 없는 전시장이 원망스러웠다. 문래동은 저녁 아홉 시만 넘어도 인적이 끊겨 을씨년스러웠다. 철강 공업소가 즐비한 곳에 떡하니 자리 잡은 전시장은 굉장히 어색하면서도 묘하게 잘 어울렸다.

처음 해보는 전시장 세팅이었다. 수평계를 사용해 액자와 캔버스를 걸었다. 수평계의 사용법이 익숙지 않아 처음에는 사진 하나 거는 데 한 시간이 넘게 걸렸다. 몇 번 '멘붕'을 겪고 눈물을 쏟은 후에야 손에 익었다. 무엇 하나 쉽게 되는 게 없는 전시 준비였다.

드디어 개장일이 찾아왔다. 전시를 준비하는 두 달 동안 몇몇 온라인 이벤트 사이트에 우리의 전시 소식을 알렸다. 선착순 100명을 모집했는데, 3일도 안 되어서 마감됐다. 후원자가 100명이고, 온라인 이벤트를 통해 올 사람도 100명이나 됐다. 적어도 100명 정도는 전시에 올 거라 예상했다.

'별일 없는 여행'

별일 없는 여행, 별일 많은 일상. 여행과 일상 사이 모호한 경계의 이야기. 별일 없는 여행 이야기에 여러분을 초대합니다.

전시회 당일, 후원자에게 줄 엽서와 사진을 챙기며 관람객을 기다렸다. 드디어 첫 번째 손님이 왔다. 우리와 아무런 인연이 없던 사람이었다. 온라인 이벤트 사이트에서 보고 왔다고 했다. 우리는 신이 나서 사진과 영상의 도슨트를 자처했다. 설명하는 도중에 두 번째 관람객이 왔다. 뒤를 이어 세 번째, 네 번째…. 셀 수 없을 정도로 많은 사람이 몰려 왔다. 둘 중 하나는 사진전, 다른 하나는 영상전에 서서 도슨트를 하느라 하루가 어떻게 지난지도 모를 정도였다.

문래동을 산책하다 들른 사람, 우리 SNS를 팔로우하는 사람, 우리처럼 세계 일주를 준비하는 부부, 다른 친구의 SNS에서 전시 소식을 보고 호기심에 온 사람, 두 살짜리 아이를 안고 나타난 부부, 여행을 좋아하는 80대 노부부, 대학교 사진동아리 학생들 등 정말 다양한 사람이 우리 사진전에 다녀갔다.

전시를 하는 2주 동안 하루하루 벅차오르지 않는 날이 없었다. 우리가 직접 기획한 작품을 보러와주는 사람이 있다는 게 그저 신기하기만 했다. 누군지도 모르는 사람이 우리의 손을 꼭 잡고 정말 좋은 전시였다고, 가슴이 뛴다고 말했을 때는 눈물이 핑 돌았다. 우리의 사진과 영상을 하나도 놓치지 않겠다고 천천히 오랜 시간 돌아보는 관람객의 모습에 감동을 받았다.

그뿐이 아니었다. 우리 사진전 이야기를 들으러 기자가 방문했다. 우리의 공유 숙박 이야기가 궁금해서 연락했다가 사진전을 한다는 소식을 듣고 전시회장까지 직접 찾아와서 인터뷰해갔다. 그 덕에 우리의 사진전이 기사로도 실렸다. 너무 멀리 살아서 오지 못한 사람들은 지방에서도 앙코르 전시를 해달라고 요청했다. 우리에게 전시관을 빌려준 작가도 이렇게 흥할지는 몰랐다며, 원하면 무료로 7일 더 전시장을 대여해주겠다고 했다. 무척 고마운 제안이었지만, 우리는 체력도 바닥났고 영상전을 위해 빌린 장비의 반납 기한도 있었기에 어쩔 수 없이 사양했다. 사진전이 모두 끝난 후에 다녀간 사람의 방명록을 세어보니 500명이 훌쩍 넘었다. 그렇게 우리의 첫 번째 전시는 완전히 성공했다!

무식하니 용감하다 했나. 아무것도 몰랐기에 전시를 시작했다. 전시회를 여는 데 해야 할 일, 생각할 일이 이렇게까지 많은 줄 알았더라면 절대 시작하지 않았을 것이다. 그래도 이제 우리는 전시회를 연 작가가 되었고, 다른 작가들과도 안면을 트게 되었다.

제제는 지금도 프리랜서 사진작가로서 작업을 하고 있다. 다른 작가의 작품이나 공유 숙박 호스트의 사진을 찍기도 하고, 연주회나 결혼식에서 스냅 사진을 찍는 등 다양한 사진을 찍고 있다. 메인으로 하는 일은 아니지만, 요청이 들어올 때마다 마다하지 않고 있다. 또 하나의 직업이 된 것이다.

이렇게 힘들 줄 알았다면

하지 않았을 것을!

수십 번 후회하지만 우린 안다

다시 되돌아가도 또 시작하리란 걸

가끔은
운명처럼

·
·
·

전통에 대하여

말레이시아는 특이한 나라다. 다양한 민족의 문화가 조화를 이루고 있다. 말레이, 중국, 인도 문화가 두루 섞여 있다. 쿠알라룸푸르에서 묵을 때 숙소의 호스트는 말레이시아인이었지만 말레이 언어를 전혀 사용하지 못했다. 젊은 사람이었는데 영어만 할 줄 알았다. 실제로 말레이시아에서는 라디오 방송도 영어, 중국어, 말레이어, 이렇게 세 가지 언어로 한다고 한다. 단일민족인 우리가 보기엔 정말 신기한 문화였다. 특히나 말레이시아의 페낭은 문화적 다양성이 돋보이는 곳이다. 화교의 비율이 70%나 되는 이곳은 말레이 문화와 중국 문화가 고루 섞여 있는 곳이라고 할 수 있다.

페낭에 왔으니 이 지역의 독특한 문화를 가장 잘 들여다볼 수 있는 곳에서 잠을 자보고 싶었다. 그곳은 바로 수상가옥이었다. '추 제티'라고 불리는 곳으로, 요즘은 관광지로 더 많이 알려져 있다. 중국의 추 씨 성을 가진 사람들이 페낭에 들어와서 집성촌을 이루었는데, 집을 살 능력이 없었기 때문에 바다 위에 집을 짓고 살았다고 한다. 요즘도 수상가옥에서 사는 사람이 꽤 많다. 우리는 추 제티 옆에 '뉴 제티'라는 곳에서 묵게 되었다. 뉴 제티는 관광지가 아니라 수상가옥을 짓고 사는 사람들이 모여 사는 마을이었다. 새롭게 모여서 사는 사람들이라고 해서 뉴 제티라는 이름이 붙었다.

숙소의 호스트는 아담이라는 이름을 가진 말레이시아 청년이었다. 집 모양은 신기했다. 복도는 나무로 얼기설기 지어서 밑이 다 내려다보였다. 밀물과 썰물이 오가고 파도가 치는 것까지 보였다. 계속 보고 있으면 약간 어지러웠다. 다행히 방바닥에서는 바다가 내려다보이진 않았다. 나무로 지어진 허술한 느낌의 집이었기 때문에 잘 버틸 수 있을지 의문이 들기도 했다. 소나기가 내릴 때면 집이 무너질까 봐 겁이 나서 잠도 못 잤다. 아담은 안 무너진다고, 걱정하지 말라고, 자주 겪는 일인 것처럼 우리를 안심시켰다. 하지만 비가 내리면 혹시라도 바닷물이 넘칠까, 집이 무너질까 하나부터 열까지 다 걱정되었다.

시작은 언제나 옳다

"페낭은 화교들의 도시이기도 해. 화교들이 처음 정착할 때의 모습이 지금 이렇게 수상가옥의 형태로 남아 있는 거야. 너희 한국은 어때? 이렇게 특이한 가옥 문화가 남아 있어?"

맥주 한잔하면서 기타를 치고 놀다가 아담이 문득 물어왔다.

"우리나라에는 한옥이 있어. 딱히 특이한 문화가 있는 게 아니라 그냥 우리나라 전통 가옥 형태야."

"그래? 그래도 그런 모습을 갖게 된 데에는 이유가 있을 거 아니야?"

갑자기 말문이 막혔다. 한 번도 한옥에 관해 관심을 가져본 적이 없었기 때문이다. 우리는 한옥에서 잠을 자본 적도 없고, 제대로 된 한옥을 체험해본 적조차 없었다. 우리나라 문화에 대해서도 제대로 모르면서 외국의 독특한 문화를 체험해보겠다고 나선 상황이 그다지 자랑스럽지만은 않았다.

"솔직히 우리도 한옥에 대해선 잘 몰라. 그래도 한국 돌아가면 공부해서 나중에 꼭 가르쳐줄게."

궁금한 게 많은 아담은 한옥에 대해서 계속 물어왔고, 우린 다음에 올 때 꼭 얘기해주겠다고 아담에게 약속했다. 그리고 우리 스스로에게도 약속했다. 한국에 돌아가면 꼭 한옥에 대해 공부하겠다고.

한옥의 매력에 빠지다

일이 벌어지는 것을 보면 가끔 신기하다는 생각이 든다. 왜 갑자기 이 타이밍에 이런 일이 생기는 걸까. 믿는 종교가 있는 것은 아니지만, 신이 위에서 지켜 보다가 적절한 타이밍에 상황을 내려주는 것이 아닌가 하는 생각이 들 때가 있다.

"새로 이사 갈 집 정했어요? 아는 교수님이 한옥에 세를 놓으신다고 하던데. 한번 볼래요?"

우리와 친하게 지내던 민정 언니가 연락을 해왔다. 한국에 들어오자마자 사진전과 함께 준비했던 것은 이사였다. 우리가 여행간 동안 집을 세줬는데, 그때 빌라의 이웃들과 실랑이가 있었다. 이웃들은 집에서 공유 숙박하는 것을 결사반대했다. 이사를 하든가, 아니면 공유 숙박을 하지 말든가, 둘 중 하나를 선택해야 했다. 우리는 공유 숙박을 포기할 수 없었기에 이사를 하기로 마음 먹었다. 우리가 집을 구한다는 것을 알고 있던 민정 언니가 한옥을 추천해주었다.

여행하며 막연하게 한옥에 대해서 공부해야겠다고 생각했었는데, 정말 내 눈앞에 기회가 찾아올 줄이야! 2016년 7월, 뙤약볕을 헤치고 북촌으로 갔다. 굽은 길에서 헤매다가 아담하게 자리 잡은 한옥을 발견했다. 북촌 한옥마을 바로 앞 골목에 자리하고 있었다.

시작은 언제나 옳다

보자마자 첫눈에 반할 수밖에 없었다. 돌계단을 올라서 대문을 열자, 인왕산에서부터 불어온 황소바람이 쏟아지듯 들어왔다. 분명 더운 여름이었는데 집 안은 에어컨 없이도 괜찮을 정도로 시원했다. 처음 만나는 청초한 한옥이었다. 한옥 자체를 처음 와본 터라 관광지에 구경 온 듯 신이 났다. 한지로 곱게 바른 문, 보라색 수국, 네모나게 보이는 하늘까지 모든 것이 마음에 들었다.

그날 바로 계약을 하겠다고 교수님께 말씀드렸다. 한 달 후에 그 한옥은 우리 집이 되었다. 우리 이름의 한 글자씩 따 '제미원' 이라는 이름도 붙였다. 직접 한지를 사고 풀을 쒀서 문과 창호에 발랐다. 생각보다 종이가 질기고 보온성이 강해서 한겨울에도 그다지 춥지 않았다. 약간의 웃풍이 돌긴 해도 버틸 만했다. 한옥은 모든 방이 구분되어 있긴 하지만, 연결되게 할 수도 있다. 자신만의 시간을 갖고 싶을 때는 문을 닫고, 소통하고 싶을 때는 문을 모두 열어 두면 된다.

못이나 콘크리트를 쓰지 않고 나무와 돌, 흙으로만 지은 집은 옛 선조의 지혜로 가득했다. 대청마루는 나무를 조각조각으로 잘라서 접착제 없이 조립해서 넣은 것이다. 그렇게 정교하게 끼울 수 있다니 무척 신기했다. 나무는 습하면 수축하고 건조하면 팽창하면서 자연스럽게 제습과 가습의 역할을 해주고 있었다. 그 덕분에 항상 최상의 습도를 유지하고 있었다. 'ㄷ'자로 생긴 집은 어느

방에서나 문만 열면 바로 정원으로 나갈 수 있게 지어져 있었다.
가족을 중히 여기고 자연을 가까이하는 옛날 사람들의 지혜가 엿
보였다. 대들보나 서까래에 쓰이는 목재를 소금물에 오래 담그면
갈라짐이 덜하고 오래간다 해서 예전엔 나무를 바다에 담가두었
다고 한다. 그리고 그 목재를 자식 세대에게 주었다고 한다. 마치
유산을 물려주듯 말이다.

　지금 우리나라의 집은 아파트, 빌라가 대부분이다. 자연과 너
무 동떨어진 주택 양식이다. 그에 비교해 한옥은 하나부터 열까지
자연스럽게 자연과 함께 숨을 쉴 수 있도록 지어졌다. 사계절을
온전히 느끼며 자연과 더불어 살도록 지어진 한옥에서 살게 된다
니! 나중에 아담을 만나면 해줄 얘기가 많아질 것 같다.

가치의 발견

우리는 한옥의 매력에 푹 빠졌다. 한옥은 사계절 모두 아름다운
곳이었다. 봄에는 싱그러운 새싹과 나비의 팔랑거림을 보았고, 여
름에는 시원한 대청마루에 앉아서 하늘을 보며 도란도란 이야기
를 나누었다. 가을에는 붉게 물든 삼청동 거리를 둘이서 손잡고
거닐었고, 겨울에는 처마 밑에 달린 고드름의 영롱함을 구경했다.

　시작은 언제나 옳다

사계절만 아름다운 게 아니었다. 새벽, 아침, 점심, 저녁, 해가 뜰 때, 해가 질 때. 비가 내리거나 눈이 올 때. 어떤 장면을 봐도 눈에 선하게 남는 곳이다.

우리는 이 보금자리를 우리 스타일대로 꾸몄다. 제제의 아버지가 취미로 모은 나무와 돌 조각이 한옥과 매우 잘 어울려서 가져다 두었다. 친구가 준 말린 꽃으로 집을 한층 더 고풍스럽게 꾸몄다. 직접 조명을 고르고, 한지로 온 방문을 도배했다. 정말 멋스러운 집이 완성되었다.

이렇게 예쁜 집을 우리만 볼 수 없다는 생각에 외국인에게도 이 집을 공유했다. 공유 숙박을 한 지 1년 만에 처음으로 한국의 전통문화를 외국인에게 소개하고 자랑할 수 있게 되었다. 특히 서양인들은 한옥을 굉장히 좋아했다. 나무, 흙, 돌만으로 집을 지었다는 것에 한번 놀라고, 온돌 문화에 다시 한번 놀랐다. 모든 방문이 열리고 닫히는 것에도 놀라고, 모든 방에서 정원을 볼 수 있다는 사실에도 놀랐다. 귀여운 아이 한복도 방에 비치해두었는데, 아이를 데리고 오는 서양인들은 그 한복을 입혀 삼청동 거리를 구경 다녔다.

우리가 블로그와 공유 숙박 사이트에 이 한옥을 공유했더니 다양한 사람들에게 연락이 오기 시작했다. 그중 가장 놀랐던 일은 요즘 핫한 걸그룹 여자친구 측에서 연락해 온 것이다. 한옥을 배

경으로 새해 인사 화보를 찍고 싶다고 했다. 우리 집이 멋진 화보로 영원히 남는다는 것은 흥분되는 일이었다.

여자친구를 필두로 가끔 광고, 영화, 화보 촬영 등의 문의가 오기 시작했다. 집을 예쁘게 꾸며두면 스튜디오로 쓸 수 있다는 것을 그때 처음 알았다. 우리가 좋아하는 스타일로 인테리어를 한 공간에서 누군가는 추억할 만한 사진을 촬영한다니, 모두가 행복한 일이 아닌가 싶다.

시작은 언제나 옳다

둘이서 대청마루에 앉아 풍경 소리를 들으며 이야기했다

우리가 놓치고 있는 것들에 대하여

6

:

남들처럼
살고 있습니다,
행복하게

삶은 이진법이
아니다

:
:

인생은 주관식일까

"다들 답 밀려 쓰지 말고 OMR 카드에 마킹 잘 해"

수능시험을 치르는 내내 긴장되긴 하지만, 그중에서도 가장 떨리는 순간은 바로 1번부터 5번까지 있는 동그라미 중 하나를 선택해서 검게 칠할 때다. 그때만 해도 인생의 정답이 그 안에 있고, 그것을 제대로 찾아야 잘 살 수 있다고 생각했다. 그렇게 중요한 임무가 내 손에 달려 있다고 생각하니 신중해질 수밖에 없었다.

어느덧 OMR 카드라는 단어가 어색해질 나이가 되어 제제는 어릴 적 친구들과 술을 마시게 됐다. 다들 오랜만에 만나 반가웠다. 어떻게 사느냐로 시작해서 이런저런 근황 토크가 이어졌다.

그리고 으레 그렇듯 어릴 적 무용담으로 가득 차게 되었다. 허풍 가득한 옛이야기를 농담 삼아 하다 한 녀석이 뜬금없이 이런 말을 했다.

"요즘 진짜 살기 힘들지 않냐? 차라리 어릴 때 시험 보는 것처럼 보기라도 있으면 좋겠다. 그럼 찍기라도 할 텐데 말이야."

"무슨 소리야? 인생은 언제나 객관식이었어. 심지어 답도 정해져 있었다고."

"내 인생이 객관식이었다고? 심지어 답도 정해져 있었다고? 무슨 말 같지도 않은 소리야?"

"진짜라니까. 나중에 한번 곰곰이 생각해봐."

그 말을 들으니 문득 궁금해졌다. 진짜 우리 인생의 답이 객관식이었을까? 친구들과 헤어져 집으로 돌아오는 길에 그동안 인생을 살면서 내가 선택해야만 했던 순간을 하나씩 떠올려 보았다.

고등학교를 선택할 때, 이과·문과를 선택할 때, 대학을 선택할 때, 과를 선택할 때, 직업을 선택할 때…. 사실 선택의 순간이 그리 많지도 않았다. 가만히 따져 보니 정말 몇 개의 보기가 있는 객관식이었다. 양자택일 혹은 많아야 사지선다, 오지선다 수준이었다. 그리고 친구의 말대로 대부분 그 답도 정해져 있었다.

고등학교를 고를 때엔 대학 진학률이 높은 곳이 답이었고, 문과·이과를 정할 때는 어이없게도 '남자는 이과'라는 공식에 따랐다. 대학이나 전공을 고를 때도 수능 점수에 맞췄다. 인생의 중요한 길목에서 언제 만들어졌는지도 모를 이정표에만 의존했다.

아니 좀 더 정확히 표현하자면 '선택했다'라는 능동적, 자발적 표현보다는 '선택됐다'는 수동적 표현이 더 맞을 것 같다.

선택의 순간

인생은 Birth와 Death 사이의 Choice라 했던가. 그간의 선택들을 떠올리면 제제의 인생은 굉장히 수동적이었다. 인생의 주인이 자기 역할을 잘못하고 있다고 생각하니 기분이 씁쓸해졌다.

그러다 문득 제제는 생각에 잠겼다. 나만 이런 걸까? 사실 대부분의 대한민국 사람이 그냥 그렇게 사는 건 아닐까? 얼마 전 한 대학교에 강연을 간 일이 있었다. 제제는 원서조차 못 넣어본 굉장히 똑똑한 친구들이 다니는 학교였다. 이렇게 똑똑한 사람들은 어릴 때부터 자기 주도적으로 생각하고 선택하지 않았을까? 그래서 강연 끝에 스스로의 이야기를 하며 학생들에게 물어보았다.

"저는 제 인생의 주인이 저라고 생각해왔는데, 지나고 나서 생각해보니 제 인생에서의 선택이 그렇게 주도적이지 못했더라고요. 지금 여기 계신 분들은 본인의 삶에서 능동적인 선택을 하면서 살아왔나요?"

일주일 후 해당 수업을 연결해준 교수님이 학생들이 작성한 강의 소감문을 보내왔다.

"저는 정말 인생을 제 마음대로 살아왔다고 생각했어요. 강사님의 이야기를 듣기 전까지는요. 그런데 지금 생각해보니 저 역시도 선택된 삶을 살았던 것 같아요."

상당히 많은 학생이 선택에 대한 제제의 이야기에 충격을 받은 모양이었다. 아마 제제가 친구의 이야기를 듣고 집에 가는 길에 느꼈던 감정을 비슷하게 느끼지 않았을까. 한 학생의 소감문에 이런 말이 적혀 있었다.

"선생님 말씀을 듣고 나니 앞으로 제 인생에서 선택해야 하는 순간이 왔을 때 더 많은 고민을 하게 될 것 같아요. 인생은 B와 D 사이 C라고 하셨는데, 그렇다면 그 앞에 있는 A는 Agonize(고민하다)가 아닐까요?"

못한다고 말하는 용기

Agonize 고민하다

시작은 언제나 옳다

우리가 지금보다 더 많이 고민하면 보다 나은 선택을 할 수 있지 않을까? 얼마 전 우리 인생에서 중요한 선택의 갈림길에 섰던 적이 있다.

"두 분 이야기를 관심 있게 보고 있습니다. 여행 가기 전에 저희와 계약하시죠. 두 분이라면 디지털 노마드의 고군분투하는 삶을 잘 그려낼 수 있을 것 같아요."

세계 일주를 떠나기 전 우리 이야기에 관심을 가진 출판사에서 연락이 왔다. 마치 우리가 유명인이라도 된 느낌에 기분이 좋았다가 집에 와서 생각해보니 슬슬 걱정되기 시작했다. 우리가 계획대로 여행을 잘 하고 돌아올 수 있을까? 책에 쓸 만한 내용이 없으면 어쩌지?

책을 써보고 싶긴 했지만, 당시에는 모든 것이 불확실했다. 이런 출판 제의가 날이면 날마다 오는 기회가 아님을 알기에 뿌리치기도 어려웠다. 며칠을 고민한 끝에 담당자에게 말했다.

"저희가 고민을 많이 해봤는데요. 여행과 사업이 계획대로 안 될 가능성이 매우 커요. 차라리 여행 다녀와서 계약하는 건 어떨까요?"

"물론 두 분 말씀대로 잘 안될 수도 있지만, 그럴 경우에는 또 다른 이야기로 풀어나가면 되니까요. 저희가 봤을 땐 두 분이 잘 해내실 것 같아요. 걱정하지 말고 계약하고 떠나세요."

그렇게 우리는 돌아와서 쓸 책의 기획안을 손에 쥐고 세계 일주를 떠났다. 이제 남은 일은 그 기획안에 적힌 대로 치열하게 여행하고 사업도 하며 제2의 인생을 만들어가는 것이었다.

하지만 디지털 노마드로서의 삶은 생각보다 쉽지 않았다. 계획대로 순조롭게 풀리는 일보다 안 되는 일이 더 많았다. 시간이 흐를수록 우리 여행은 책의 기획안으로부터 점점 멀어져 갔다. 그러다 결국 결단을 해야 할 시점이 왔다. 우리는 꼬깃꼬깃해진 기획안을 테이블 위에 올려놓고 고민에 빠졌다. 어떻게든 책에 담을 수 있는 여행 쪽으로 맞춰 갈 것인가 아니면 지금이라도 책을 포기하고 하고 싶은 대로 여행을 할 것인가. 우리는 고민 끝에 선택했다. 끝나지 않을 것 같던 세계 일주가 끝나고 1년 만에 한국에 돌아온 우리는 출판 담당자를 찾아갔다.

"솔직하게 말씀드리면 저희 여행이 책으로 출판할 만큼 대단한 여행은 아니었어요. 디지털 노마드로 사는 것 자체가 특별할 일 없는 평범한 일상이더라고요."

어떻게든 여행을 포장해서 책을 쓸 수도 있었지만 그건 양심이 허락하지 않는 일이었다. 그래서 결국 책 쓰기를 포기했다.

그렇게 계약을 취소하고 나니 마음이 후련했다. 못한다고 말하는 게 이렇게 속 시원하고 좋은 건지 그때야 알았다. 어릴 적 제제가 다닌 초등학교 운동장에는 내 키보다 훨씬 큰 비석이 있었

시작은 언제나 옳다

다. 그리고 거기에는 '할 수 있다'라는 네 글자가 큼직하게 적혀 있었다. 어린 나이에 그 네 글자가 무척이나 멋있어 보였다. 제제도 뭐든지 할 수 있는 사람이 되고 싶었다.

시간이 흘러 어른이 되었고, 진짜로 언제나 '할 수 있다'고 말하는 사람이 되었다. 문제는 할 수 없는 것도 일단 할 수 있다고 말한다는 점이다. '못하겠어요'라는 말이 패배자의 변명처럼 느껴졌다. 그런데 살면서 경험해보니 못할 일인데도 무책임하게 할 수 있다고 말하는 것보다 솔직하게 할 수 없다고 말하는 게 더 힘들고 대단한 일이었다. 무언가를 하지 않는 것도 때로는 용기 있게 해야 할 선택이다.

같은 길을 가는
사람들

•
•
•

함께 뛰면 멀리 간다

가쁜 숨을 몰아쉬며 힘겹게 한 발 한 발 내디뎠다. 미미는 하프 마라톤이 이렇게까지 힘든 건 줄 몰랐다. 알았다면 아예 시작도 안 했을 거다. 어디서 빠른 비트의 음악을 들으면 힘이 난다는 얘기를 들은 기억이 나서 달리는 도중에 이어폰을 귀에 꽂고 신나는 음악을 틀어놓았다. 하지만 전혀 힘이 나질 않는다. 엎친 데 덮친 격으로 배까지 당기기 시작했다. 아마 준비 운동을 제대로 안 하고 뛰어서 그런 것 같았다. 이제 막 5km 지점을 지났는데, 이대로라면 완주는 불가능할 것 같았다.

시끄러운 노래가 나오고 있던 이어폰을 빼버렸다. 그리고 주

시작은 언제나 옳다

변에서 같이 달리고 있는 사람들을 보면서 달리기 시작했다. 친구와 같이 온 사람도 있고, 가족들과 달리고 있는 사람도 있었다. 마라톤 동호회에서 단체로 온 사람도 있었다. 그들은 옆에서 같이 뛰는 사람들과 이야기를 나누면서 나아가고 있었다. 미미는 자신도 모르게 그들의 이야기를 들으면서 달리게 되었다. 그때였다. 처음 보는 아저씨가 말을 걸었다.

"학생, 혼자 뛰러 왔어요?"

"네. 혼자 왔어요."

"같이 뛰어요. 누가 옆에서 같이 뛰어야 덜 힘들지, 혼자 뛰면 더 힘들어요."

"그래요? 저는 몰랐어요. 마라톤 자주 하시나 봐요?"

"나야 뭐 늘 하지. 허허허. 같이 힘냅시다. 아자 아자!"

유난히 힘이 넘치던 아저씨는 쉬지 않고 옆의 다른 사람들에게 말을 걸었다. 어느 순간 주위에 그 아저씨를 중심으로 같이 뛰는 무리가 생겨났다. 그렇게 같이 뛰다 보니 어느 순간 모두 결승점을 통과해 있었다.

"저 진짜 끝까지 못 뛸 줄 알았어요."

"같이 뛰면 된다니까!"

쉴 새 없이 떠들며 우리 무리를 이끌어준 아저씨는 끝까지 사람들을 유쾌하게 해주고 자리를 떠났다. 그날 그 아저씨 옆에서 같이 뛰지 않았다면 미미는 분명 중간에 포기했을 것이다.

일상에서도 마찬가지다. 함께 길을 가는 사람이 있을 때 우리는 더욱 힘을 내게 된다. 사람 간의 상호작용은 긍정적인 에너지를 발산한다. 장애물이 있더라도 더 쉽게 이겨내고, 더욱 멀리 나아갈 수 있게 한다. 그 사람은 친구일 수도 있고, 가족일 수도 있고, 동료일 수도 있다. 누군지는 상관없다. 중요한 건 같이 갈 사람을 찾아야 한다는 것이다.

같이 해도 안 되는 것

활기찬 아저씨 덕분에 힘들게나마 마라톤을 완주하고 나니 그런 생각이 들었다. 마라톤뿐만 아니라 인생에서도 나와 같이할 사람이 있다면 시너지가 생기지 않을까?

미미가 지금 하는 일 중에서 누군가와 같이하는 일은 두 가지였다. 하나는 회사에서 하는 일이었고, 또 다른 하나는 회사 업무 외에 개인적으로 친구들과 팀을 꾸려서 애플리케이션을 제작하는 일이었다. 그 두 가지 일이 미미에게 와 닿는 느낌은 사뭇 달랐다.

회사 일은 많은 사람이 매일 같이 회의하고 정책을 세우고 일을 추진하지만, 그럴수록 점점 더 산으로 가는 느낌이 들었다. 일은 항상 지연되고 의견 충돌도 많이 생기다 보니 구성원 모두가 조금씩 지쳐갔다.

반면 친구들과 함께 하는 일은 항상 의욕이 넘쳤다. 여기저기서 아이디어가 쏟아지고, 모르는 것이나 잘 안 풀리는 일이 있으면 너나 할 것 없이 나서서 해결하려 애썼다.

사실 열심히 하는 것으로 따지면 회사 일의 비중이 컸다. 회사에서는 일을 잘하느냐, 못하느냐에 따라 인사고과가 매겨지고 연봉이 결정되기 때문이었다. 미미뿐만 아니라 같이 일하는 모든 사람이 열심히 했다. 반면 친구들과 하는 일은 자기계발을 한다는 생각으로 임하는 것이라 많은 시간을 쏟을 수 없었다. 거기서 어떤 이윤이 나오는 것도 아니었다.

그런데 왜 결과는 다르게 나올까? 회사에서 일할 때는 왜 마라톤을 같이 뛰는 것처럼 시너지가 나지 않을까? 아무리 생각해도 이거다 싶은 답이 나오지 않았다.

어째서 회사 일은 같이 할수록 피곤해지고, 개인 프로젝트는 같이 해서 힘이 나는 걸까? 단순히 잘 아는 친구랑 해서 그런 건가? 회사 사람들도 우리와 친하고 잘 맞는 사람들인데. 뭐든 다 같이 한다고 좋은 건 아닌가?

한 방향 바라보기

"하나, 둘, 셋 하면 드는 거여. 하나, 둘, 셋, 엇차!"

"자자, 이쪽으로 한 발씩 조심조심."

집에서 공유 숙박을 하게 되면서 게스트를 위한 침대가 필요했다. 다행히 인터넷 중고 사이트를 통해서 저렴하게 살 수 있었다. 문제는 침대가 차에 실을 수 없는 사이즈였기 때문에 용달을 불렀다. 용달 사장님이 같이 옮겨 준다고 해서 그나마 다행이었다. 도착해서 침대를 확인했는데, 생각보다 더 크고 무거웠다.

"거기가 아니라 여길 잡아야지. 자자, 내가 먼저 나오면 그다음에 나와야지."

용달 사장님은 생각보다 아주 거칠었다. 제제가 보조를 제대로 맞추지 못하자 불호령이 떨어졌다.

"아니 왼쪽으로 돌려야지. 젊은 양반이 이런 걸 해봤어야 알지. 서로 반대 방향으로 돌리면 나 혼자 하는 것보다 더 힘이 든다니까. 그러려면 뭣 하러 둘이 들겠어."

그때 깨달았다. 나아가고자 하는 방향이 다르면 같이 하는 게 오히려 안 좋을 수도 있다는 것을. 회사 일은 힘든데 친구들과 하는 일은 힘들지 않은 이유에 대한 의문이 풀렸다.

둘의 차이점은 가고자 하는 방향이었다. 마라톤을 할 때 미미와 함께했던 사람은 모두 같은 목적지를 향해 뛰고 있었다. 오르막이 있을 때 굳이 힘들다고 이야기하지 않아도 서로 힘든 걸 알았고, 바람이 불면 같이 시원하다고 생각했다. 목표가 같았기에 그 순간만은 하나의 유기체가 될 수 있었다. 그게 서로에게 힘이 되어 결승점까지 달릴 수 있었다.

하지만 회사는 그렇지 않았다. 얼핏 보면 같은 목표를 달성하기 위해 일을 나눠서 하는 것처럼 보이지만, 실제로는 저마다 다른 지점을 향해 달리고 있었다. 누군가는 지금 하고 있는 프로젝트를 단기간 내에 마무리해 성과를 내고 싶어 했고, 다른 누군가는 프로젝트의 성공보다는 자신의 인사고과에 도움이 되는지만 신경 썼다. 또 어떤 사람은 그저 아무 문제도 생기지 않고 프로젝트가 무사히 끝나기만을 바라기도 했다. 함께 일하는 사람은 많았지만 다들 다른 그림을 그리고 있었다. 반면 친구들과 했던 프로젝트에서는 명확한 하나의 목표를 공유하고 있었다.

'이 서비스를 사람들이 좋아하고 많이 썼으면 좋겠다.'

우리와 친구들의 목표는 분명했다. 우리는 같은 결승점을 향해 같이 달리는 마라토너들이었다. '백지장도 맞들면 낫다'는 말이 있다. 하지만 그것도 같은 방향으로 들 때의 이야기다. 서로 반대 방향으로 들고 당기면 백지장은 찢어진다. 단순히 누군가와 같이하는 게 아니라 같은 곳을 향해 가는 게 무엇보다 중요하다.

제각각 노를 저으면 배는 앞으로 나아가기 힘들다

같은 방향으로 함께 힘을 써야 한다

아침이
기다려지는 삶
:
:

마지막이 아니면 깨닫지 못하는 것

지금까지 살아온 날들이 마치 영화 필름이 돌듯이 지나갔다. 말로만 들었던 죽음 직전의 체험을 실제로 하다니. 그 와중에 이대로 죽기는 좀 아깝다는 생각이 들었다. 아직 해보지 못한 일이 너무 많았다. 가족, 친구들의 얼굴도 떠올랐다. 꽤 오랜 시간이 흐른 것 같지만 찰나의 순간이었다. 제제의 몸이 오토바이와 하나 되어 도로 위를 나뒹굴고 있었다.

　스물아홉 살 여름, 제제는 오토바이를 타고 전국 일주를 하고 있었다. 〈모터사이클 다이어리〉라는 영화를 보고 감명받아서 버킷리스트에 적어두었던 꿈을 이루기 위해서였다. 주변에서는 다들 완강히 말렸다. 어린애도 아니고, 이제 곧 서른인데 꼭 그렇게 위험한 일을 해야 하냐고. 하지만 제제의 생각은 달랐다. 이제 곧 서른이기 때문에 해야 했다. 20대의 마지막을 기억에 남게 장식하고 싶었다.

'이런 기억으로 남기긴 싫었다고!'

오토바이는 고속도로를 달릴 수 없어 국도로만 다녀야 한다. 국도 중에서 시골길은 제대로 정비되지 않은 곳이 많다. 그날도 끝없이 펼쳐지는 논밭 사이로 난 시골길을 달리고 있었다. 도로에는 간간이 흙과 자갈이 널브러져 있었다.

"으악."

코너를 도는데 바퀴가 바닥에 깔린 흙더미 위에서 미끄러지며 헛돌았다. 별안간 핸들이 좌우로 흔들리기 시작했다. 미처 대처할 겨를도 없이 균형을 잃은 제제는 오토바이와 함께 나뒹굴기 시작했다. 순간 정신을 잃었다가 깨어났다. 시간이 얼마나 흘렀을까? 오토바이는 저만치 굴러떨어져 있었고, 메고 있던 가방이 찢어져서 안에 있던 옷가지를 비롯한 각종 짐이 제제가 굴러온 궤적을 따라 널브러져 있었다.

"아이고, 괜찮아요?"

저 멀리 밭에서 일하던 할머니가 사고 현장을 보고 놀라서 달려왔다.

"네, 괜찮습니다."

"괜찮기는. 온몸이 난리도 아닌데…."

그제야 제제는 몸을 살펴보았다. 옷이 다 찢어져 있었고, 여기 저기 피로 얼룩져 있었다. 어디 부러진 곳이 없나 살펴보는데 통증이 느껴지지 않았다.

"죄송한데 119 좀 불러주실 수 있을까요?"

할머니의 도움으로 구급차를 부르고, 엉망이 된 짐들을 챙기러 갔다. 넘어진 오토바이를 세우려고 하는데 손에 힘이 안 들어갔다. 왜 이러지? 근육이 놀라서 그런가? 곧 구급차가 도착했다. 태어나서 처음으로 구급차에 실려서 병원으로 갔다. 도중에 구급대원이 제제의 상태를 체크하기 위해 눈동자에 플래시를 비추었다. 그 순간 제제는 진짜 죽다 살아났구나 싶었다. 자신도 모르게 웃음이 나왔다. 온몸이 상처투성이인 사람이 갑자기 웃자 구급대원이 놀라서 물었다. 머리라도 다친 줄 안 모양이었다.

"괜찮아요?"

"네. 그냥 제가 살아있다는 게 너무 좋아서요."

병원에 갔더니 오른쪽 뼈가 모두 골절됐다고 했다. 손목과 팔꿈치가 부러지고 엉덩이부터 허벅지, 다리까지 어디 하나 성한 곳이 없었다. 그나마 보호 장비를 제대로 착용해서 목숨을 건질 수 있었다. 무려 전치 12주가 나왔다. 그날 밤에는 몰려온 통증 때문에 진통제를 먹고서야 겨우 잠이 들 수 있었다. 약에 취해 잠이 들면서 오직 한 가지 생각만 했다.

'부디 내일 아침에도 눈을 뜰 수 있게 해주세요. 제발.'

다행히 다음 날 아침에도 제제는 살아 있었다. 눈을 뜨자마자 안도의 한숨이 절로 나왔다.

일상의 사소한 행복

'오늘이 무슨 요일이지? 아! 월요일이구나.'

마침내 여름휴가가 끝나는 날이었다. 의사의 만류도 뿌리치고 제제는 회사에 가기로 했다. 평소 같았으면 휴가가 끝난 후 처음 출근하는 월요일 아침이 세상 그 어떤 날보다 싫었겠지만, 이날만큼은 모든 게 무척이나 그리웠다. 출근길에 벌어지는 모든 일이 제제가 살아있음을 확인해주고 있었다.

살면서 이렇게 월요일 아침을 기다려본 적이 있었던가? 아주 어릴 적에는 그랬던 것 같기도 하다. 하지만 언제부턴가 아침보다는 일이 끝나는 저녁을 기다렸고, 평일보다는 주말을 고대했다. 학교 다닐 때는 언제나 방학만을 기다렸고, 고3 때는 수능시험 보는 날이 지나가기만을 바랐다. 대학을 다닐 때는 '취업만 하면!'을

입에 달고 살았다. 회사에 들어온 이후로는 매주 주말만 기다렸다. 여름이 오면 여름휴가만 기다렸다. 매일 찾아오는 일상에 집중하기보다는 가끔 찾아오는 특별한 날만을 기다린 것이다.

얼마 전 케이블방송에서 한 여행 작가의 강연을 보았다. 여행은 특별했고, 자신의 인생을 바꿔놓을 수 있는 터닝 포인트가 되었다고 말했다. 젊음을 낭비하지 말고 지금이라도 여행을 떠나라는 이야기였다. 실제로 많은 여행자가 여행의 특별함을 설파하기 위해 책을 쓰고 강연을 한다. 여행을 다니던 나날들이 진짜 인생에서 특별했을 수도 있고, 그로 인해 인생이 바뀌었을 수도 있다. 하지만 실제로 여행을 해보니 꼭 그런 건 아니라는 사실을 알게 됐다.

장기 여행을 하다 보면 이것이 여행인지, 일상인지 분간이 안 가게 된다. 오히려 일상을 살아갈 때보다 더욱 일상에 집중하게 되는 경우도 있다. 세계 일주란 게 거창하게 들리겠지만 알고 보면 별일 없이 하루하루를 살아가는 일상의 연속이다. 아침에 일어나서 밥을 해 먹고, 일하거나 여행을 하고, 밤에는 묵을 곳을 찾고. 오히려 일상에서 느끼지 못했던 사소한 행복을 더 많이 느꼈다.

매일 몸을 누울 수 있는 자리가 있다는 것, 따뜻한 밥을 지어 먹을 수 있다는 것, 커피를 마시고 싶을 때 커피를 마실 수 있는 여유가 있다는 것 등 일상에서 누리는 사소한 행복이 절실하게 느

시작은 언제나 옳다

껴지기 때문이다.

아름다운 풍경이나 멋진 작품은 그다지 또렷하게 기억나지 않지만, 여행하며 겪었던 소소한 일상은 지금도 생생하게 기억이 난다. 여행은 우리에게 하루하루 일상이 주는 행복을 깨닫게 했고, 그 일상에서 좀 더 행복할 수 있다는 가르침을 주었다. 멀리 떠나서야 비로소 일상이 얼마나 중요하고 가치 있는 것인지 깨닫다니! 아이러니한 일이다.

한 걸음 뒤에서만
볼 수 있는 세상
.
.
.

이렇게 살아도 되더라고요

"요즘 뭐해?"

주변 사람들이 조심스럽게 물어보는 말에 가끔 난감할 때가
있다.

"그냥 이것저것."

그렇게 이야기하면 우리를 안쓰럽게 보는 사람이 있다. 왜 좋
은 회사 그만두고 밖에 나가서 고생하느냐고 묻는 듯한 눈빛이다.
오지랖이 넓은 사람의 눈에서는 '내가 그럴 줄 알았어'라는 안타
까움이 읽힌다. 사실 우리가 하는 일을 하나하나 나열하기가 부담
스럽기도 하고, 그렇게까지 얘기해야 할 필요성도 느끼지 않기 때

문에 말을 아끼곤 한다. 그런데 본의 아니게 약간 불쌍한 사람이 되어버릴 때가 많다. 그런 눈빛을 받으면 어쩔 수 없이 우리가 하는 일을 설명한다. 글도 쓰고, 사진도 찍고, 공유 숙박도 하고, 프리랜서로 일도 하고, 우리만의 애플리케이션도 만들고 있다고.

"아니, 그렇게 살아도 돼?"

그러면 의아하다는 눈빛으로 바뀐다. 어딘가에 소속되지 않고 불규칙하게 사는 삶에 대해 의아해한다. 그렇게 살아서 돈을 벌 수 있을까 하는 의문이 섞여 있기도 하다.

알람 없이 눈을 뜬 지 2년. 딱히 시간 맞춰 출근해야 할 회사는 없다. 아침밥을 해 먹는 데 한 시간이 걸리기도 한다. 천천히 커피를 내려 먹고 날씨를 확인한다. 날씨가 좋지 않으면 방 안에서 일하고, 날씨가 좋으면 을지로에 있는 공유 사무실로 일하러 간다. 밥을 먹고 싶을 때 먹고, 잠을 자고 싶을 때 잔다. 일하고 싶을 때 하고 싶은 만큼 한다. 하지만 돈은 먹고살 만큼 번다. 회사에 다닐 때와 경제적으로 달라진 점이 있다면 은행에서 대출을 해 주지 않는다는 점 정도다.

이렇게 늘어놓으니 소설 속 한 장면처럼 이상적으로 보인다. 물론 어두운 면도 있다. 프리랜서로 일할 때는 기한을 맞추기 위해 며칠 밤을 새우기도 한다. 혹시 프리랜서 일거리가 더는 들어오지 않으면 어떡하나 걱정하며 여러 구직 사이트를 기웃거릴 때도 있다. 공유 숙박을 이용하려는 게스트의 체크인이 늦어져서 세 시간이고 네 시간이고 하릴없이 집에서 기다리기도 한다. 그러다 진상 게스트를 만나면 왜 이런 일을 하고 있는지 자괴감이 들 때도 있다. 우리가 만드는 서비스가 계속해서 실패할 때는 이 길을 접어야 하나 고민도 한다.

그렇다. 사는 건 크게 다르지 않다. 삶의 방식과 삶을 살아가는 시계가 약간 다를 뿐이다. 일하기 싫어 끙끙댈 때도 있고, 하는 일에 자괴감을 느낄 때도 있다. 패배감, 열등감, 우울함을 느끼기도 한다. 우리가 잘하는 일, 돈을 벌 수 있는 일, 하고 싶은 일을 하고는 있지만, 항상 좋고 행복할 수만은 없다.

우리의 삶의 방식은 우월하지 않다. 그렇다고 동정의 눈빛을 받을 만큼 부족하지도 않다. 그냥 각자의 시계에 맞추어 살아갈 뿐이다. 그리고 우리와 생각이 다른 사람을 만나면 이렇게 말하면 된다.

"이렇게 살아도 되더라고요."

어느 월요일

2017년 8월, 어느 월요일 아침 일곱 시. 분명 뉴스에선 장마가 끝

　　　　　　　　　　　시작은 언제나 옳다

낳다고 했는데, 새벽부터 내리던 비는 멈추지 않고 계속 창문을 두드려댔다. 그래도 미세먼지 가득하던 예전 공기보단 비로 시원하게 씻겨 내려간 공기가 훨씬 좋았다. 창문을 열고 숨을 한껏 들이마셨다. 발밑에서는 우리 집 고양이 '여보'가 어서 밥을 내놓으라고 발에 머리를 비벼댄다. 여보가 좋아하는 사료를 챙겨주고 벼룩시장에서 사 온 LP를 틀었다. 이름 모를 재즈 가수의 목소리를 들으면서 커피를 내렸다. 우리는 테이블에 마주 보고 앉아 커피를 마시면서 오늘은 무엇을 해야 할지 체크했다.

"오늘 딱히 체크인, 체크아웃하는 게스트가 없어서 챙길 게 없어. 다음 주까지 보내줘야 하는 A 회사 앱 기획안 1차를 오늘 마무리하면 될 것 같아."

"아, 그리고 인터뷰 요청 들어왔던 것 오늘까지 회신해 주기로 했어. 할 수 있는지 없는지 연락해줘야 해."

"오케이. 그럼 일단 밥을 좀 해볼까나."

오늘 하루도 특별히 바쁠 건 없었다. 아침밥을 천천히 준비하고, 한 명씩 돌아가며 씻고, 하루를 시작할 채비를 한다.

아침 열 시. 지하철이 한산한 이 시간에 우리는 집을 나섰다. 처음엔 집에서 일했는데, 아무래도 집에서는 영 집중이 안 돼서 얼마 전부터 공유 사무실을 임대했다. 이곳에서 우리는 그날의 일을 한다.

오후 다섯 시. 오늘 할 일을 적당히 끝냈다. 가끔 늦게까지 일을 할 때도 있지만, 대부분의 일은 하루 서너 시간 집중하면 충분하다. 지하철이 지옥철이 되기 전에 우리는 집으로 향했다.

"뭐 먹을까?"

"오늘은 뭔가 맛있는 걸 먹고 싶은데…."

지하철에 내려 집으로 걸어가는 길에 있는 치킨집에서 닭 냄새가 진동한다.

"닭을 먹자!"

"그럼 닭갈비 어때?"

우리는 닭갈비를 먹기 위해 춘천행 기차를 타러 서울역으로 갔다. 간 김에 춘천에 있는 게스트하우스에서 자고, 새벽에 일어나 호수나 산책하고 올 것이다.

시작은 언제나 옳다

오늘도 특별히 바쁜 일은 없었다

언제나처럼 괜찮은 하루였다

오늘
행복하기

.
.
.

행복을 찾는 여정

많은 사람이 우리를 멘탈이 단단한 사람이라고 생각한다. 그럴 수밖에 없는 게, 다른 사람들은 성과만 올라온 SNS나 기사를 통해 우리를 만나기 때문이다. 항상 밝은 부분만 보기 때문에 우리가 무언가를 선택하기 전 고민하는 과정을 알지 못한다. 그렇기 때문에 우리가 강단 있게 선택한 것이라 지레짐작하고, 삶에 만족하며 행복하게 살 것이라 생각한다. 심지어 우리 지인들조차 그렇다. 가끔 고민과 불안함을 이야기하면 너희는 그렇게 고민하지 않는 줄 알았다며 놀라기도 했다.

사실 우리는 매번 고민한다. 선택할 때도 항상 자신감이 없다.

시작은 언제나 옳다

남의 의견에 좌우될 때도 많고, 도대체 어떻게 사는 것이 맞는 것인지 판단도 아직 못 내리고 있다. 하루에도 열두 번씩 흔들린다. 이렇게 사는 사람을 보면 이렇게 사는 게 맞는 것 같고, 저렇게 사는 사람을 보면 저렇게 사는 게 맞는 것 같다. 우리가 새로운 삶의 방식을 선택한 것이 잘한 것 같다가도, 어떨 때는 후회를 하기도 한다.

아무 생각 없이 낭만만 찾다 보면 현실이라는 벽에 세게 부딪힌다. "그래서 돈은 어떻게 벌 건데?"라고 누군가 물어보면 갑자기 자신이 없어진다. 가이드라인대로 차곡차곡 성실하게 사는 사람들을 보면, 우리가 지금 잘못 사는 건가 하는 생각이 들기도 한다. 특히나 주변에서 "그렇게 살다가 큰일 나"라는 얘기라도 듣게 되면, 거기에 부모님들의 걱정까지 추가되면 더욱 자신이 없어진다. 부모님의 반대를 무릅쓰고 선택한 일이 실패하면 '왜 그렇게 했을까' 하고 후회하게 된다.

우리는 지금도 많은 벽에 부딪히고 또 부딪히고 있다. 하지만 이 모든 경험은 행복을 찾아가는 과정이라고 생각한다. 현실의 벽에 부딪히면 현실적으로 그 문제를 해결해나가면 된다. 누군가 잣대를 들이대며 그렇게 살면 안 된다고 말하면 모든 사람이 같은 길로 갈 수는 없다고 대답해주면 된다. 벽을 넘는 과정에서 실패를 계속해도 또 시작할 힘을 얻는다.

지금 여기에서 함께

"마지막으로 질문하실 분 있나요?"

친구가 책을 내고 저자 강연회를 한다고 해서 강연을 들으러 갔다. 두 시간 동안 취업과 동기부여에 관련된 멋진 이야기를 들었다. 게으른 우리 둘은 강연을 듣는 내내 반성하는 마음이었다. '역시 성공하는 사람은 부지런하구나'라는 생각도 하면서. 두 시간의 강연이 끝날 즈음에 친구가 질문을 받기 시작했다.

"작가님이 이루고 싶은 최종 꿈은 무엇입니까?"

"음….."

5초 정도 정적이 흘렀다. 그리고 답변이 이어졌다.

"저는 미래에 대한 꿈이 없습니다."

열심히 살라며 자기계발서를 쓰고, 청년들을 위해 취업 도서를 쓴 사람에게서 꿈이 없다는 답변이 나올 줄 몰랐다. 질문했던 사람도 아마 당황했을 것이다. 다시 답변이 이어졌다.

"저는 제가 얼마나 오래 살지 몰라요. 어릴 때부터 항상 그런 생각을 하고 살았어요. 그러다 보니 먼 미래에 내가 뭘 이뤄야지 하는 꿈을 꾸지 않아요. 대신 저는 오늘 행복해지고 싶습니다. '미래에 행복하게 살아야지!' 이게 아니고 지금 당장 행복하려고 노력해요. 오늘 불행한데 내일 갑자기 행복해질 수 있을까요? 오늘

시작은 언제나 옳다

행복해야 내일도 행복할 수 있습니다. 내일 행복하면 내일모레도 행복할 확률이 높겠죠. 그럼 결국 먼 미래에도 저는 아마 행복하게 살고 있을 가능성이 클 거예요."

오랫동안 고민했던 의문에 해답을 얻은 느낌이었다. 우리는 항상 미래를 준비하며 살아왔다. 미래에 행복하기 위해 지금은 좀 희생하며 살아야 하다고 생각했다. 20대에는 30대에 행복하기 위해 시간을 아끼고, 공부하며 보냈다. 그런데 막상 30대가 되니 그렇게 행복하지 않다. 오히려 20대에 더 즐기지 못한 걸 후회했다. 지금은 또 40대에 행복하기 위해 잠을 줄이고 일하고 있다. 하지만 40대가 되어도 분명 행복하다고 느끼지 않을 것이다. 왜 30대에 더 즐기지 못했을까 후회하겠지. 오늘 행복해야 내일 행복할 수 있다. 내일 행복하기 위해 오늘 불행하게 지내는 건 바보 같은 짓이다. 행복은 이월되지 않는다. 미래에 행복하게 살고 싶다면 일단 오늘 행복해야 한다.

KI신서 7360

시작은 언제나 옳다

1판 1쇄 인쇄 2018년 3월 14일
1판 2쇄 발행 2019년 5월 7일

지은이 전제우, 박미영
펴낸이 김영곤 박선영 **펴낸곳** (주)북이십일 21세기북스
실용출판팀장 김수연 **책임편집** 이지연
디자인 윤지은
마케팅본부장 이은정
마케팅1팀 나은경 박화인 한경화 **마케팅2팀** 배상현 김윤희 이현진
마케팅3팀 한충희 최명열 김수현 윤승환 **마케팅4팀** 왕인정 김보희 정유진
홍보기획팀 이혜연 최수아 박혜림 문소라 전효은 염진아 김선아 양다솔
제작팀 이영민 권경민

출판등록 2000년 5월 6일 제406-2003-061호
주소 (10881) 경기도 파주시 회동길 201 (문발동)
대표전화 031-955-2100 **팩스** 031-955-2151 **이메일** book21@book21.co.kr

(주)북이십일 경계를 허무는 콘텐츠 리더

21세기북스 채널에서 도서 정보와 다양한 영상자료, 이벤트를 만나세요!
장강명, 요조가 진행하는 팟캐스트 말랑한 책 수다 〈책, 이게 뭐라고〉
페이스북 facebook.com/jiinpill21 **블로그** post.naver.com/21c_editors
인스타그램 instagram.com/jiinpill21 **홈페이지** www.book21.com
서울대 가지 않아도 들을 수 있는 명강의! 〈서가명강〉
네이버 오디오클립, 팟빵, 팟캐스트에서 '서가명강'을 검색해보세요!

ⓒ 전제우·박미영, 2018

ISBN 978-89-509-7407-7 03810